پیاسا

(افسانے)

کرشن چندر

Pyaasa *(Short Stories)*

by: Krishan Chander

Edition: April '2025

Publisher :

Taemeer Publications LLC (Michigan, USA / Hyderabad, India)

ISBN 978-93-6908-836-2

کتاب	:	**پیاسا** (افسانے)
مصنف	:	**کرشن چندر**
صنف	:	فکشن
ناشر	:	تعمیر پبلی کیشنز (حیدرآباد، انڈیا)
سالِ اشاعت	:	۲۰۲۵ء
صفحات	:	۹۶
سرورق ڈیزائن	:	تعمیر ویب ڈیزائن

www.ingramcontent.com/pod-product-compliance
Lightning Source LLC
LaVergne TN
LVHW010059061026
849532LV00007BA/2747
9789369088362

فہرست

گھر

دن کو بمبئی جانا پہچانا شہر معلوم ہوتا ہے اس کی حرکت، اس کا اضطراب، اس کا تپ و تاب، اس کے کام کاج، اس کے کھیل تماشے آنکھوں میں رسے بسے معلوم ہوتے ہیں لیکن رات کو بمبئی میں سفر کرنا اور وہ بھی بارہ بجے کے بعد ایسا معلوم ہوتا ہے گویا کسی انجانے اجنبی سمندر میں کشتی کھیے رہے ہیں یہ معلوم نہیں ہوتا کہ پانی کہاں گہرا ہے کہاں پر چٹانیں ہیں۔ کہاں پر خوفناک بھنور پڑتے ہیں، طوفانی لہریں کدھر سے کدھر کو گھوم جاتی ہیں۔ بظاہر آپ دیکھتے ہیں یہ ایک رستہ ہے۔ یہ یونیورسٹی گراؤنڈ کے کنارے کنارے بڑے "تار گھر کو جاتا ہے اس کے کنارے ایک انگریز عالم کا بُت ہے جس کے قریب جامن کے دو پیڑ کھڑے ہیں لیکن رات کے وقت یہاں جیب کتروں کی ایک ٹولی ہوتی ہے۔ آگے چلیئے تو پارسیوں کا ایک پرانا کنواں ہے۔ کہتے ہیں جب پارسی لوگ ایران سے بھاگ کر ہندوستان کے ساحل پر آئے

تھے تو بمبئی میں سب سے پہلے انہوں نے اس کنوئیں کا پانی پیا تھا۔ اس کنوئیں کا پانی اب ایک مقدس حیثیت اختیار کر چکا ہے۔ اس کنوئیں کے اردگرد اب لوہے کا ایک مضبوط جنگلا ہے کنوئیں کے اوپر کنکریٹ کی ایک بلند و بالا عمارت ہے چاروں طرف خوش نما پنکھے لگے ہوئے ہیں۔ کنوئیں کے پاس کنکریٹ کا ایک جالی دار طاقچہ ہے جس میں بہت سے چراغ روشن ہیں اور ان چراغوں کی روشنی طاقچے کے باہر لٹکے ہوئے پھولوں کے ہاروں سے چھن چھن کر آ رہی ہے۔ دن کو یہاں پارسی لوگ بنچوں پر بیٹھتے ہیں کنوئیں کا ٹھنڈا پانی پیتے ہیں۔ اور معروفِ دعا نظر آتے ہیں۔ رات کو اس کنوئیں کی چھجے دار عمارت کے عقب میں رام دھن فروٹ والا سوتا ہے اور غلام عباس سلک کے رومال اور عورتوں کی انگیا بیچنے والا اور یوسف سندھی فونٹین پن بیچنے والا اور نتھو چنا بیچنے والا اور اس کا رقیب مُرلی دھر۔

رقیب کا ذکر آتے ہی میں چونکا۔ غور اور میں اس رستے سے گزر رہے تھے میں فلورا فونٹین کی طرف جا رہا تھا۔ غور کو بڑے تار گھر میں کچھ کام تھا اس لئے ہم دونوں ساتھ ساتھ چل رہے تھے۔ اور غور مجھے آس پاس کا جغرافیہ سمجھا رہے تھے۔

رقیب کیوں ؟ میں نے غور سے پوچھا۔ کیسے ؟ کوئی عورت کا جھگڑا تھا ؟

نہیں۔ غور تھوڑی کھسیا کے ہنسنے لگا۔ دونوں کی لڑائی عورت پر نہیں ہوئی تھی سنتری پر ہوئی تھی۔ بات یہ تھی کہ آس پاس کنوئیں کے قریب جو چنے والا بیٹھتا ہے اسے دن بھر اچھی خاصی آمدنی ہو جاتی ہے اس لئے نتھو اور مُرلی دھر میں لڑائی ہوتی تھی دونوں یہاں چنے بیچتے تھے اور چاہتے تھے کہ دونوں میں سے صرف ایک یہاں بیٹھے اس لئے دونوں چوک کے سنتری کو اپنے اپنے طریقے سے رشوت دیتے تھے جس دن نتھو زیادہ پیسے دے دیتا اس دن پنڈت مُرلی دھر کو سنتری اس پارسی کنوئیں سے ہٹا کر شری گوکھلے کے بت کے نیچے بٹھا

دیتا جہاں دن رات کوتے بیٹ کرتے رہتے ہیں اور جس دن پنڈت مرلی دھر کا داؤ چل جاتا اسی دن نتھو کو کنوئیں سے ہٹا کر شری گوکھلے کے بت کے نیچے بٹھا دیا جاتا۔ بس رات کو دونوں کی دو تین گھنٹے لڑائی ہوتی رہتی تھی۔ ہمیشہ ذکر اُسی پری وش یعنی سنتری کا ہوتا تھا۔ ان کی لڑائی بہت دلچسپ ہوتی تھی اور وہ روز نت نئی گالیاں ایجاد کرتے تھے۔ چنانچہ گالیوں کی لغت میں دلچسپی رکھنے والے اصحاب دُور دُور سے اس مناظرے کو سننے کے لئے آتے تھے اور اکثر بیچ بیچ میں ٹوک کر کبھی ایک کو کبھی دوسرے کو شہہ دیتے رہتے تھے جس سے سماں بندھا رہتا تھا۔ رات کے بارہ بجے کے بعد یہاں بڑی رونق ہوتی تھی مگر جس دن یوسف سندھی کا قتل ہوا اُسی دن سے یہ کھواڑہ ویران ہو گیا۔

یوسف سندھی کا قتل کیوں ہوا تھا۔ میں نے غور کا بازو پکڑ کر اُسے ٹھہرا لیا۔ ہم لوگ اس وقت کنوئیں والی عمارت کے بالکل عقب میں کھڑے تھے۔ وہاں پر اس وقت کوئی نہیں سو رہا تھا جگہ بالکل خالی تھی۔ غور کے سیاہ ہونٹوں پر ایک تلخ مسکراہٹ آئی۔ اُس نے گھوم کے ہاکی گراؤنڈ کے پار اس نئے ریستوران کی طرف دیکھا جو آل انڈیا ویمنز کانفرنس کے کارکنوں نے فورٹ کے علاقے کے لوگوں کے لئے سستا کھانا اور سستی چائے مہیا کرنے کے لئے کھولا تھا۔ پھر وہ آہنی جنگلے سے پیٹھ لگا کے کھڑا ہو گیا۔ اس نے اپنی نیکر کی جیب ٹٹول کے ایک بیڑی سلگائی ایک مجھے دی۔ پھر میرے کندھے پر ہات رکھ کے بولا ”یار تم نے کبھی اس عورتوں کے ہوٹل میں کھانا کھایا ہے۔

”ہاں۔“

”کیسا ہوتا ہے؟“

پہلی بات تو یہ ہے کہ عورتوں کے ہات کا پکایا ہوا نہیں ہوتا۔ دوسری بات یہ ہے

کہ پھیکا ہوتا ہے اور میں ذرا مزیدار چٹ پٹا مصالحے دار کھانے کے حق میں ہوں۔ تیسری بات یہ ہے کہ گو اس وقت تو پیٹ بھر جاتا ہے مگر بعد میں تھوڑی دیر کے بعد پھر بھوک چمک اُٹھتی ہے۔ ایسا معلوم ہوتا ہے جیسے کچھ کھایا ہی نہیں جیسے کسی نے بھوک سے دھوکا کیا ہے۔

بالکل سچ کہتے ہو۔ غور نے میرے ہات پر ہات مارکے کہا۔ ایراس سینما کا پٹھان بھی مجھ سے یہی کہتا تھا اور کامدار فرنیچر ہاؤس کا چوکیدار بھی بالکل یہی کہتا تھا۔ اور پھر آٹھ آنے کھانے کے لیتے ہیں اس سے تو ہماری دو آنے کی اُبلی ہوئی مونگ پھلی اچھی ہے۔ بس ذرا سی پیٹ میں درد کرتی ہے۔

اں تو وہ قتل کا واقعہ؟

غور نے اپنی بیڑی کا لمبا کش لیا اور بیڑی کو جلاکے آدھا کر دیا۔ پھر مُنہ سے دھواں نکالتے ہوئے آہستہ آہستہ کہنے لگا۔ جیسے کہیں بڑی لمبی مسافت کی ہزاروں سال پہلے کی بات کر رہا ہو۔

کہنے لگا۔ وہ سامنے جو عورتوں کا ہوٹل ہے اس میں ایک لڑکی برتن صاف کرنے کا کام کرتی تھی۔

لڑکی خوبصورت تھی۔ میں نے پوچھا۔

نہیں خالی جوان تھی۔ مگر سالی کیا جوان تھی۔ میں دو مرتبہ چائے پینے کے بہانے خود اُسے دیکھنے گیا۔ رام دھن فروٹ والے کی بھی اس پر نظر تھی۔

یہ رام دھن فروٹ والا کون تھا۔

سالے کو تم نے نہیں دیکھا؟ ارے کتنی بار دیکھا ہوگا۔ سالا اودھر پارسی کنوئیں کے پاس پھل بیچتا تھا جہاں نتھو اور مرلی دھر چنا بیچتے تھے۔ ان کے بیچ میں وہاں اس کی بائیسکل

گاڑی ہوتی تھی جس پر وہ فروٹ سجا کے بیچتا تھا۔ کشمیر کی ناشپاتی، کابل کے انار اور چمن کے انگور اور آسٹریلیا کے سیب۔ یہ کیلا چیکو ویکو وہ نہیں بیچتا تھا۔ سالا بہت کماتا تھا اور رشوت بھی بہت دیتا تھا۔ یہ جگہ بھی بہت اچھی ہے نا۔ چرچ گیٹ اسٹیشن کے رستے پر۔ شام کے ساڑھے پانچ بجے جب کلرک لوگ دفتر سے چھوٹتے ہیں تو ہزاروں کی تعداد میں اس فٹ پاتھ پر اس کی بائیسکل گاڑی کے سامنے سے گزرتے ہیں۔ سالے کو آواز بھی نہیں دینی پڑتی تھی۔ خود ہی لوگ چلتے چلتے رُک کر اُس سے سودا خریدنے لگتے۔ ہاں تو وہ تھا رام دھن اس کا چہرہ آڑو کی طرح چمکتا تھا۔ سر گُھٹا ہوا تھا۔ جس پر چٹیا ہمیشہ کھڑی رکھتا تھا۔ کلے میں ہمیشہ پان رہتا تھا۔ سالے نے تھوک تھوک کے گوکھلے مہاراج کا چبوترا گندہ کر دیا ہے۔ کسی وقت ان کو دیکھنا۔ وہی عاشق تھا اس لڑکی کا۔ مگر سالہ بہت کنجوس تھا۔ جب شام کو لڑکی اپنے کام کاج سے فارغ ہو کر ادھر اس کے پاس آتی تو سالہ اسے کبھی ایک آڑو یا سیب دیتا۔ بس ایک پھل اور کبھی تو وہ اس سے پیسے بھی اُدھار مانگ لیتا تھا۔ کہتا تھا آج کمائی نہیں ہوئی۔ بڑا ایکا بدمعاش تھا ایک نمبر کا۔ وہ لڑکی پہلے تو اپنے ہوٹل کے برآمدے میں سوتی تھی پھر ادھر فروٹ والے کی گاڑی کے ساتھ اپنا بوریا بچھا کے سونے لگی۔ پھر وہ روز رام دھن سے ایک کھولی لینے کے لئے بولتی تھی اور رام دھن اس سے بولتا تھا۔ کھولی تو میرے پاس ہے مگر اس پر تالا لگا ہوا ہے اور اس کی چابی میرے بڑے بھائی کے پاس ہے جو اپنے وطن میرٹھ گیا ہوا ہے۔ واپس آئے گا تو اپنے کو کھولی مل جائے گی پھر وہ تمہارا گھر ہوگا۔ لڑکی گھر کا نام سن کے بڑی خوش ہوتی تھی۔ اسی طرح تین چار چھ مہینے گزر گئے مگر رام دھن کا بڑا بھائی نہ آیا۔ نہ چابی ملی نہ کھولی — کہیں پر کھولی ہوتی تو ملتی نا۔ وہ تو سالا اُسے چکمہ دے رہا تھا۔ ایک روز کیا ہوا۔

کیا ہوا ؟

وہ لڑکی نہیں آئی ۔

نہیں آئی ۔ ؟

ہاں رام دھن رات کے تین بجے تک انتظار کرتا رہا. مگر وہ لڑکی نہیں آئی یہ سالا بہت چکرایا. اپنے پولیس کے دوستوں کو لے کر اِدھر اُدھر گھومنے لگا دس بارہ پیشہ وروں کے گھر بھی دیکھ ڈالے. لڑکی کہیں نہیں ملی. لڑکی صبح کو واپس آئی اور بہت پیئے ہوئے تھے ۔

پیئے ہوئے تھی ۔ ؟

ہاں بہت پیئے ہوئے تھی اور اس کے مُنہ سے بُو آ رہی تھی. اور وہ تقریباً بے ہوش تھی. اور رام دھن نے اسے بہت پیٹا. بہت پیٹا. بتا سالی کہاں مر گئی تھی. بتا سالی کدھر مر گئی تھی ۔

وہ لڑکی بولی ۔ ایک مرد کے ساتھ گئی تھی ۔ وہ کہتا تھا میں تجھے اپنے گھر میں رکھوں گا ۔

پھر سالی اس کے گھر میں کیوں نہیں رہی. رام دھن نے اسے ایک لات مارتے ہوئے کہا. یہاں کیوں آ گئی ۔

لڑکی نے کہا. وہ مجھے اپنے گھر نہیں لے گیا. وہ مجھے ایک ہوٹل میں لے گیا ۔

رام دھن نے اس کے بال پکڑ کے اس کو نیچے گرا لیا اور اُس کی پیٹھ پر دو چار گھونسے زور سے مارے ۔ مگر لڑکی کو جیسے پتہ بھی نہیں تھا کہ اس کے ساتھ سلوک کیا ہو رہا ہے ۔ وہ اسی شراب کے نشے میں کہہ رہی تھی ۔ گھر نہیں ہوٹل. ہوٹل نہیں برآمدہ. برآمدہ نہیں بائیسکل گاڑی ہے بھگوان مجھے ایک چھوٹا سا گھر دے دو نا ۔ ایک ننھا سا گھر ۔ بالکل اتنا چھوٹا سا جتنی دُور تک میرے بازو پھیل سکتے ہیں ۔ اس لڑکی نے اپنے بازو پھیلا کے کہا ۔ پھر رام دھن نے اسے اور

پیٹا۔ اور پیٹا۔ مگر لڑکی مار کھانے کے بعد بھی ہوش میں نہیں آئی۔ اسی بے ہوشی کی حالت میں سو گئی اور چپ چاپ کام کرنے کے لئے چلی گئی جیسے کچھ ہوا ہی نہیں۔

پھر؟

پھر اس واقعے کے دو دن بعد یوسف سندھی اسی فٹ پاتھ پر آگیا۔ یوسف سندھی کو رام دھن فروٹ والے کی بغل میں جگہ ملی۔ وہ وہاں اپنا کپڑا بچھا کے سلک کے رومال بیچتا تھا۔ کبھی فونٹین پن۔ کبھی جرابیں۔ کبھی لکھنے کے کاغذ بڑا چالاک تھا۔ دُبلا پتلا گورے رنگ کا لڑکا تھا۔ آنکھیں بڑی تیزی سے اِدھر اُدھر گھومتی تھیں۔ بڑی جلدی جلدی بات کرتا تھا۔ دوسرے آدمی کو سوچنے کا موقع نہیں دیتا تھا۔ بڑی جلدی اس نے یہاں اپنا رنگ جما لیا۔ پتہ نہیں سالا کہاں سے چیزیں نکال کے لاتا تھا۔ بازار سے ہمیشہ سستا بھاؤ اس کا ہوتا تھا۔ دھڑا دھڑ اس کی بکری ہوتی تھی۔ اس فٹ پاتھ پر میں نے بڑے بڑے تیز بیچنے والے دیکھے مگر یوسف سندھی کا جواب نہیں تھا۔ بس دو تین گھنٹے دوکانداری کرتا تھا۔ ایک تو صبح دس سے گیارہ تک۔ پھر شام کو چار سے چھ تک۔ بس سارا مال ختم کر ڈالتا تھا۔ پھر دن بھر کیا کرتا تھا یہ ہم کو معلوم نہیں۔ اس سالے کے پاس بھی سونے کی جگہ نہیں تھی۔ وہ بھی رام دھن کے قریب اسی کنوئیں کی عمارت کے پچھواڑے میں سونے لگا۔ آہستہ آہستہ اس نے لڑکی سے ملنا شروع کر دیا۔ ایک دفعہ اسے سلک کا رومال دیا۔ پھر اُسے نو گز کی ایک سوتی ساڑھی لا کے دی۔ سالا تھا بڑا فضول خرچ۔ رام دھن کی طرح کنجوس نہیں تھا۔ بہت جلد اس نے لڑکی کو اپنی طرف کر لیا۔ مگر ایمان کی بات کہتا ہوں کہ یوسف اس لڑکی کے لئے ہی تھا۔ بولتا تھا میں تجھ سے شادی کروں گا۔ تیرے لئے ایک کھولی لوں گا۔ تجھ کو وہاں ایک رانی کی طرح رکھوں گا۔ اگر وہ زندہ رہتا تو سچ مچ یہ سب کرتا۔ مگر بے چارا مارا گیا۔ جس روز اس نے سو روپے دے کے پریل میں کھولی لی اسی رات

کو مارا گیا صبح وہ لوگ اپنی کھولی میں جانے والے تھے جیسا کہ نتھو چنے والے نے پولیس میں بیان دیا وہ لوگ اس رات بڑی دیر تک باتیں کہتے رہے۔ دیر تک دھیمے دھیمے سروں میں فلموں کے پریم گیت گاتے رہے۔ جیسے اس رات سچ مچ ان کی شادی ہو رہی ہو۔ چھ مہینے کی محنت کے بعد سو روپے جوڑ کے یوسف نے پریل میں کھولی لی تھی۔ آج تو وہ ہوٹل سے بہت سا کھانا لایا تھا۔ جسے یوسف اور اس لڑکی اور نتھو چنے والے نے مل کر کھایا۔ اور مُرلی تو پنڈت تھا۔ اس لیئے اُس نے نہیں۔ اور رام دھن نے تو کئی مہینوں وہاں سونا چھوڑ دیا تھا۔ اب وہ اپنی گاڑی کو وہیں گھوکھلے بُت کے چبوترے کے نیچے رکھتا اور وہیں سوتا تھا اور جب یوسف سندھی کی طرف دیکھتا تو گھور کر اپنی چوٹی کو بل دینے لگتا۔ کیونکہ مونچھیں تو سالے کی تھیں نہیں کہ انہیں بل دیتا۔ مگر سندھی بھی کچھ نہیں کہتا تھا۔ ایک دفعہ تو یہاں تک ہوا کہ یوسف نے اس لڑکی کو رام دھن کی گاڑی سے پھل خرید کے دیئے۔ رام دھن نے چپ چاپ پھل دے دیئے۔ زبان سے کچھ نہیں بولا۔ وہیں لڑکی سے باتیں کرتے کرتے یوسف نے لڑکی سے پوچھا۔ آج کون سا سینما دیکھیں گے۔ ہاں یہ بات تو میں بھُول گیا۔ رام دھن لڑکی کو کبھی سینما نہیں لے گیا تھا۔ مگر یوسف نے نہ جانے کتنی بار اس لڑکی کو سینما دکھایا تھا۔ اس رات کو بھی جب وہ صبح اپنی کھولی میں جانے والے تھے یوسف اسے سینما لے گیا تھا۔ سینما جانے سے پہلے یوسف نے بڑے فخر سے لڑکی کی طرف دیکھ کر کہا تھا۔ دیکھو نتھو میں یوسف ہوں، یہ میری زلیخا ہے۔ سینما سے آ کے دونوں وہیں زمین پہ نتھو کے پاس سو گئے۔ نتھو کہتا ہے اس نے انہیں سینما سے آتے ہوئے نہیں دیکھا تھا۔ ایک بارگی آدھی رات کو اُس کی نیند کھُل گئی۔ لڑکی چیخ رہی تھی اور یوسف سندھی کا سر دھڑ سے الگ اُس کے سامنے پڑا تھا۔ اور یہ ساری زمین خون سے بھری ہوئی تھی۔

رام دھن نے مارا؟ میں نے پوچھا۔

عور نے بیڑی کا کش لگایا مگر بیڑی بجھ چکی تھی۔ اُس نے بیڑی کو زمین پر پھینک کے مسل دیا۔ بولا سالے کو پھانسی ہونی چاہیے۔ آؤ۔ آگے چلیں۔

ہم دونوں چپ چاپ جنگلے سے لگے لگے بڑے تار گھر کی طرف بڑھتے گئے۔ فٹ پاتھ پر چڑھ کے ایک سینکر کا درخت آتا ہے۔ اس کے تنے کے نیچے ایک عورت سوئی پڑی تھی عور سے اُسے دیکھا پھر مجھے اپنے قریب بلا کے کہا۔ دیکھو۔ یہ وہی لڑکی ہے، اب عورتوں کے ہوٹل سے نکالی جا چکی ہے۔ کتنے دن حوالات میں رہی۔ کتنے دن جانے کہاں کہاں پاگلوں کی طرح گھومتی رہی۔ اب پھر یہیں آ رہی ہے۔ مگر اب اُس کا دماغ ٹھیک نہیں ہے۔ یہ دن بھر اسی درخت کے نیچے بیٹھی میٹھی کنوئیں کی طرف دیکھتی رہتی ہے کبھی جہاں یوسف سندھی کا قتل ہوا تھا، اس جگہ کی زمین کھودنے لگ جاتی ہے اور جب لوگ ہنس کے پوچھتے ہیں۔ پگلی تو یہاں کیا ڈھونڈ رہی ہے تو چلا کے کہتی ہے میں اپنا گھر ڈھونڈ رہی ہوں۔

سینکر کے سیاہ سائے میں وہ سیاہ لڑکی سوئی پڑی تھی۔ سائے کے اندر ایک گہرا سایہ۔ اس کے سیاہ خشک، اُلجھے ہوئے بال اُس کے ماتھے اور اُس کی آنکھوں کو چھپائے ہوئے تھے۔ اُس کی ٹانگیں گھٹنوں تک ننگی تھیں۔ پھٹی ہوئی ساڑھی کمر کے قریب اُڑی ہوئی تھی اور اس میں اس نے کوئی وزنی چیز چھپا کے رکھی تھی۔

میں نے عور سے پوچھا۔ یہ اس نے ساڑی میں کیا باندھ کے رکھا ہے۔ روٹی؟

نہیں پتھر۔ یہ اِدھر اُدھر سے بڑے بڑے پتھر اکٹھے کر کے لاتی ہے اور پھر انہیں کنوئیں کے پانی سے نہلاتی ہے اور جب لوگ پوچھتے ہیں۔ پگلی یہ تو کیا کر رہی ہے۔ تو کہتی ہے۔ دیکھتے نہیں ہو۔ میں اپنے بیٹے کو نہلا رہی ہوں۔ اسے نہلا دھلا کے میں اُسے دودھ پلاؤں

گی اور پھر اسے اسکول بھیجوں گی۔

سیاہ لڑکی کے دونوں ہات خالی تھے۔ اس کا پیٹ ننگا تھا اور اس کے چاروں طرف دھول تھی۔ یہ اچھا ہے کہ میں اس کی آنکھیں نہیں دیکھ سکتا۔ شاید میں ان آنکھوں کے اندر کبھی نہ جھانک سکتا۔ اتنی ہمت مجھ میں نہ ہوتی۔ وہ آنکھیں جو اگر مجھ سے کوئی سوال کر بیٹھتیں تو انہیں کیا جواب دیتا۔ کیونکہ ان میں سوال اس طرح سامنے نہیں آتے۔ دن میں آدمی کام کرتا ہے اور اکثر محسوس نہیں کرتا ہے اگر کرتا بھی ہے تو اپنے کام میں اتنا مصروف ہوتا ہے کہ اپنے جذبات وحسیات کو اُبھرنے کا موقع نہیں دیتا۔ لیکن جب رات ہوتی ہے تو یہ جذبات خود بخود اُمڈ کر باہر آجاتے ہیں اور پھر رات کو بمبئی کی مہیب اور تاریک دیواریں ہلکی روشنی میں ٹھٹھرتے ہوئے پورچ۔ اور آسمان کی طرف تکتے ہوئے خاموش گنبد اور سقف ایسے عجیب و غریب سوال پوچھتے ہیں کہ اُن سے پیچھا چھڑانا مشکل ہو جاتا ہے جیسے میرے لئے اس وقت اس عورت سے پیچھا چھڑانا مشکل ہو رہا تھا۔ یہ عورت جو تلسی کے پودے کی طرح گمبھیر اور مقدس ہو سکتی تھی۔ یہ عورت جو شاخِ گلاب کی طرح کسی آنگن کی پہنائی کو مہکا سکتی تھی۔ یہ عورت جو اپنے آنچل کے سائے میں سو بہاروں کو جنم دے سکتی تھی۔ کیوں اس وقت اپنے سینے سے ایک پتھر کو چمٹائے فرشِ خاک پر کٹی ہوئی ٹہنی کی طرح پڑی تھی۔

کیوں؟ کیوں؟

آدھے گھنٹے کا خدا

دو آدمی اس کا پیچھا کر رہے تھے۔

اتنی بلندی سے وہ دونوں نیچے سپاٹ کھیتوں میں چلتے ہوئے دو چھوٹے سے کھلونوں کی طرح نظر آ رہے تھے۔ دونوں کے کندھوں پر تیلیوں کی طرح باریک رائفلیں رکھی نظر آ رہی تھیں۔ یقیناً ان کا کردار اُسے جان سے مار دینے کا تھا۔ مگر وہ لوگ ابھی اس سے بہت دُور تھے۔ نگاہ کی سیدھ سے اس نے نیچے کی طرف دیکھتے ہوئے دل ہی دل میں اندازہ کیا۔ جہاں پر میں ہوں، وہاں تک ان دونوں کو پہنچنے میں چار گھنٹے لگیں گے۔ تب تک ....!

اس نے پُرامید نگاہ سے گھوم کر اپنے اوپر پہاڑ کی چوٹی کو دیکھا۔ سارڈو پہاڑ کی بارہ ہزار فٹ اونچی چوٹی اس سے اب صرف ایک گھنٹے کی مسافت پر تھی۔ ایک دفعہ وہ چوٹی پر پہنچ جائے۔ پھر دونوں کے ہاتھ نہ آسکے گا۔ سارڈو پہاڑ کی دوسری طرف گڈیالی کا

گھنا جنگل تھا، جو اس کا دیکھا بھالا تھا۔ جس کے چپے چپے سے وہ اتنی ہی آگاہی رکھتا تھا۔ جتنا اس جنگل کا کوئی جنگلی جانور رکھ سکتا ہے۔ اس جنگل کے خفیہ راستے، جانوروں کے بھٹ۔ پانی پینے کے مقام سب اُسے معلوم تھے۔ اگر ایک دفعہ وہ سارڈو پہاڑ کی چوٹی پر پہنچ گیا، تو پھر اپنا پیچھا کرنے والوں کے ہات نہ آسکے گا۔

جب وہ چوٹی پر پہنچ جائے گا تو اسے دوسری طرف کی سرسبز ڈھلوانوں پر گڈیالی کا جنگل دکھائی دے گا اور جنگل سے پرے سرحد کا پُل جسے ڈائنامیٹ لگا کر اڑا دیا گیا تھا۔ گرے ہوئے پُل کے اُس پار اس کا اپنا دیس تھا۔ ایک بار وہ چوٹی پر پہنچ جائے۔ پھر اسے ڈھلوان کے گھنے جنگل کو طے کرنے میں دیر نہیں لگے گی۔ اگر پُل نہیں ہے تو کیا ہوا۔ وہ بہت عمدہ تیراک ہے۔ وہ گڈیالی ندی عبور کرکے اپنے دیس پہنچ جائے گا۔

اور چوٹی تک پہنچنے میں اسے صرف ایک گھنٹہ لگے گا۔ اور وہ دونوں اس کے دشمن ابھی اس سے چار گھنٹے کی مسافت کے فاصلے پر تھے — نہیں، وہ اُسے نہیں پکڑ سکتے۔ وہ جوان ہے، مضبوط ہے اور چار گھنٹے ان سے پہلے چلا ہے۔ وہ اُسے نہیں پکڑ سکتے۔ وہ ابھی اس چٹان پر پندرہ بیس منٹ بیٹھ کر دم لے سکتا ہے اور دُور نیچے کھیتوں سے گزرتے ہوئے گھاٹیوں کی طرف آنے والوں اُن دونوں آدمیوں کو بڑے اطمینان سے دیکھ سکتا ہے جو اُس کی جان لینے کے لئے آرہے ہیں۔ وہ مسکرا بھی سکتا ہے کیونکہ وہ ان سے بہت دُور ہے۔

یقیناً انہوں نے اسے دیکھ لیا ہے کیونکہ نیچے کے کھیتوں سے چوٹی تک اس طرف کا پہاڑ جس کے اوپر وہ چل رہا ہے بالکل ننگا ہے۔ بس چھوٹی چھوٹی جھاڑیاں ہیں۔ سینتے کی اور لال ٹمینا کی۔ جن میں آدمی چھپ بھی نہیں سکتا اور زمین سے لگی ہوئی

پتلی چھدری گھاس ہے اور نیچی نیچی سیاہ چٹانیں۔ رات کی بارش سے بھیگی ہوئی اور پرانی کائی سے پھسلواں۔ اس پرانی کائی سے بند پانی کی بُو آتی ہے اور بھربھری مٹی پر قدم پھسلتے ہیں۔ اُسے بڑی ہوشیاری سے آگے کا فاصلہ طے کرنا ہوگا۔ جبھی تو اس نے اس فاصلے کو طے کرنے کے لئے، جو آدھے گھنٹے میں با آسانی طے ہو سکتا ہے۔ ایک گھنٹہ رکھا ہے۔

بس اسے صرف اس بات کا افسوس ہے کہ وہ نیچے کے گاؤں سے بھاگتے وقت کیوں اپنی رائفل ساتھ نہ لا سکا۔ بھاگتے وقت اس نے رائفل وہیں چھوڑ دی۔ یہ ایک ناقابلِ معافی حادثہ تھا۔ مگر اب کیا کیا جا سکتا تھا؟ ــــ اگر اُس کے پاس، اس وقت اپنی رائفل ہوتی تو وہ دونوں، نیچے سے آنے والے اس قدر بے خوفی سے اُس کا پیچھا نہیں کر سکتے تھے۔ وہ آسانی سے کسی چٹان کی اوٹ میں دبک کر کسی مناسب جگہ پر ان کا انتظار کر سکتا تھا اور اپنی رائفل کی رینج میں آتے دیکھ کر ان لوگوں کو گولی کا نشانہ بنا سکتا تھا۔ مگر وہ کیا کرے۔ اس وقت وہ بالکل نہتا ہے۔ اور اب ہر لحظہ اس کی یہ کوشش ہوگی کہ وہ ان کی بندوق کی مار سے آگے چلتا رہے ــــ!

اُس نے تعاقب کرنے والوں کے پیچھے بھی دور تک کھیتوں کو دیکھا اور کھیتوں سے پرے سیب، آلوچے اور خوبانیوں کے درختوں سے گھرے موگری کے گاؤں کو دیکھا۔ ایک لمحے کے لئے اس کے دل کے اندر اُداسی کی ایک گہری سُرخ لکیر کھینچتی چلی گئی۔ اس خنجر کی باریک اور تیز دھار کی طرح جس کا پھل اُس وقت موگری کے دل میں پیوست تھا۔ موگری جو سیب کے پھولوں کی طرح خوبصورت تھی!

کاشر کے لئے یہ ضروری ہو گیا تھا کہ وہ موگری کی جان لے لے۔ جھکتی ہوئی گہری سیاہ

آنکھوں والی موگری۔ انگاروں کی طرح دہکتے ہوئے ہونٹوں والی ۔ انیس برس کی موگری۔ وہ جب ہنستی تھی تو ایسا لگتا تھا گویا سیب کی ڈالیوں سے پھول جھڑ رہے ہیں۔ ایسی مہکتی ہوئی۔ سپید ہنسی اُس نے کسی دوسری لڑکی کے پاس نہ دیکھی تھی ، ہنسی جو سیب کے پھولوں کی یاد دلائے ۔ یا اچانک پر کھول کر ہوا میں کبوتری کی طرح اُڑ جائے اور وہ ذرا سے کھلے ذرا سے بند انگاروں کی طرح دہکتے ہوئے شریر ہونٹ ۔ ان ہونٹوں پر جب وہ اپنے ہونٹ رکھ دیتا تھا تو اُسے ایسا محسوس ہوتا تھا جیسے اُس کے خون کے بہاؤ میں چنگاریاں سی اُڑتی چلی جا رہی ہیں جیسے جذبہ پگھل کر خون اور خون پگھل کر شعلہ اور شعلہ پگھل کر بوسہ بن گیا ہو۔ اور وہ پوری طرح موگری کے چہرے پر جھک جاتا تھا ۔ اتنے زور سے کہ موگری کی سانس اس کے سینے میں رُکنے لگتی تھی، اور وہ اپنے چھوٹے چھوٹے ہاتوں سے اُس کے منہ پر طمانچے مار کر ہی اپنا چہرہ اُس کے چہرے سے الگ کر سکتی تھی۔

"تم بالکل جانور ہو کاشر! وہ ہانپتے ہوئے کہتی ۔

" اور تم آگ ہو !" وہ خود اپنے جذبے کی شدت سے ڈر کر ذرا پیچھے ہٹتا ہوا کہتا ۔

" میرے گاؤں میں کوئی نہیں جانتا کہ میں ایک دشمن کے بیٹے سے پیار کرتی ہوں ۔"

" میرے سپاہیوں میں سے بھی کوئی نہیں جانتا کہ میں گڈبال کے جنگل میں روز کسی سے ملنے جاتا ہوں ۔"

وہ دونوں گڈبال کے جنگل میں جیپ کے کسی کچے راستے پر بیٹھ جاتے ۔ دیودار کے ایک ٹوٹے ہوئے تنے پر ۔ پیچھے جیپ کھڑی ہوتی ۔ سامنے ایک چھوٹی سی ڈھلوان کی گہری اور سبز گھاس ۔ کوئی چشمہ تقریباً بے آواز ہو کر بہتا تھا ۔ جنگلی پھولوں پر پانی کے قطرے گر گر کر سو جاتے اور چاروں طرف بڑے بڑے ستونوں کی طرح اونچے اونچے دیودار اور ان کے گھنے

چھناروں میں سے سبزی مائل روشنی دُور اونچے لٹکے ہوئے فانوسوں کی طرح چھن چھن کر آتی ہوتی۔۔۔۔ کاشر کو ایسا محسوس ہوتا، گویا وہ کسی مغل بادشاہ کے دیوانِ خاص میں بے اجازت آنکلا ہے۔ یہاں آکر وہ دونوں کئی منٹ تک جنگل کے گہرے سناٹے میں کھو جاتے اور آہستہ آہستہ سرگوشیوں میں باتیں کرنے لگتے۔ کبھی ایسا لگتا جیسے سارا جنگل چُپ ہے۔ کبھی ایسا لگتا جیسے سارا جنگل اُن کے اردگرد سرگوشیوں میں باتیں کر رہا ہے۔

موگری علاقہ غیر کے گاؤں سے ایک ٹوکری میں پھل اٹھائے ہوئے گڈیالی کے پُل تک آتی تھی، جو کاشر اور اس کے سپاہیوں کی عملداری میں تھا، سیب، ناشپاتی، کیلے، آلوچے، بہی، کیمب، اُودے انگوروں کے گچھے یا صرف اخروٹ اور مکّی کے بھٹے اور وہ چھوٹی چھوٹی خوش رنگ خوبانیاں جنھیں دیکھ کر سنہری اشرفیوں کا دھوکا ہوتا ہے اور موگری اتنی خوبصورت تھی کہ پُل کی حفاظت کرنے والے سپاہی چند منٹوں میں اس کی ٹوکری خالی کر دیتے تھے۔ سب سے آخر میں کاشر آتا تھا اور جب کاشر موگری کے نزدیک آتا تھا تو سب سپاہی ہٹ جاتے تھے کیونکہ وہ جانتے تھے ـــــ!

لیکن جس دن موگری کی مخبری پر علاقہ غیر کے گاؤں والوں نے گڈیالی کا پُل جو اسکی تحویل میں تھا، ڈائنامیٹ سے اڑا دیا، اس دن اُسے شدید دھچکا سا لگا۔ جیسے اس کے اندر بھی کوئی پُل تھا جو ڈائنامیٹ سے پُرزے پُرزے ہو گیا تھا اور وہ باہر کا پُل تو کبھی نہ کبھی پھر بن جائے گا۔ لیکن اندر کا پُل کون بنا سکے گا پھر سے؟ اس لئے وہ دہشت زدہ سا ہو کر پُل کے ٹکڑوں کو اُن گہرے پانیوں میں جاتا ہوا دیکھتا رہا جہاں لطیف سے لطیف جذبے بھی بھاری پتھر بن کر ایسے ڈوب جاتے ہیں کہ پھر کبھی نہیں اُبھر سکتے۔ وہ جانتا تھا مگر اس کی آنکھوں میں آنسو نہ آسکے اور وہ موگری کو گالی دینا چاہتا تھا مگر اس کی زبان پہ الفاظ نہ آسکے۔ وہ جانتا تھا

کہ ہر سپاہی کی نگاہ اُس پر ہے۔ وہ نگاہ جو بظاہر کچھ نہیں کہتی۔ لیکن خاموش لہجے میں شکایت کرتی ہوئی معلوم ہوتی ہے۔ جب وہ ان نگاہوں کی تاب نہ لا سکا تو اپنی رائفل لے کر گڈیالی ندی میں کُود پڑا اور اس کے سپاہی بھونچکے ہو کر اس کی طرف دیکھتے رہ گئے۔

وہ ندی پار کر کے گڈیال کے جنگل میں گھس گیا۔ کئی دن تک وہ اکیلا بھوکا پیاسا اس جنگل میں گھومتا رہا اور وہ ان تمام جگہوں پر گیا جہاں پر وہ موگری کے ساتھ گیا تھا اور ان جگہوں پر جا کر اُس نے اُن تمام جذبوں کو بلانا چاہا۔ جنہوں نے موگری کی موجودگی میں اس کے لئے دُھندلے دُھندلے شفق زار تعمیر کئے تھے۔ کئی بار وہ موگری کی عدم موجودگی میں بھی یہاں آیا تھا تو بھی اُسے ہر جگہ موگری کی عدم موجودگی میں بھی اُس کی موجودگی کا احساس ہوا تھا۔ وہ پیڑ کا تنا جہاں موگری بیٹھی تھی اُس کے گرد اِک ہالہ سا کھینچا معلوم ہوتا تھا۔ موگری نہ تھی۔ پھر بھی گویا جھرنے کے پانیوں میں اس کی آواز کی روانی گھل گئی تھی۔ ہر پھول میں اُس کے بالوں کی مہک تھی۔ اور وہ زمین جہاں پر وہ بیٹھتے تھے۔ وہاں سے موگری کے جسم کی سوندھی سوندھی مہک آتی تھی۔

مگر آج وہاں کچھ نہ تھا۔ جذبوں کے شفق زار چھٹ گئے تھے۔ پیڑ کا تنا محض پیڑ کا تنا تھا۔ اور پانی کا جھرنا۔ پانی کے جھرنے کی طرح بہ رہا تھا۔ ہر چیز انجانی اور اجنبی اور اس سے الگ الگ کھڑی تھی۔ وہ چیخ مار کر سارے جنگل کو جگا دینا چاہتا تھا۔ مگر اس کا حلق بار بار گھٹ رہا تھا۔ اس کے سارے احساسات پر اِک دُھندسی چھائی ہوئی تھی۔ جنگل میں بے سمت گھومتے گھومتے کئی بار اُسے خیال آیا کہ اگر وہ اس دُھند کو اپنے ناخنوں سے چیر دے تو شاید اندر سے موگری کا زندہ اور اصلی چہرہ صحیح و سلامت نکل آئے گا۔ وہ موگری جسے وہ اپنے دِل سے پہچانتا تھا۔ مگر دُھند کسی طرح نہ چھٹی۔ اور گہری ہوتی گئی۔ جنگل میں اُس کا دم گھٹنے لگا۔ پیڑوں کا گھیرا اس کے لئے تنگ ہونے لگا۔ اُسے ایسا محسوس ہونے لگا جیسے چاروں طرف سے جنگل کے پیڑ جھک کر اُس

پر گرنے والے ہیں۔

پھر وہ گھبرا کر جنگل سے باہر بھاگ نکلا اور گڈیالی کا جنگل طے کر کے وہ سارو د پہاڑ کی برفیلی چوٹی کے دوسری طرف اُتر گیا جہاں موگری کا گاؤں تھا۔

کئی دنوں تک وہ بھیس بدلے ہوئے ٹوہ لیتا رہا۔ کسی کو اُس پر شبہ نہ ہوا کیوں کہ اسکی شکل و صورت ایسی تھی جیسی علاقہ کے لوگوں کی ہوتی ہے۔ اس کے کپڑے بھی پھٹے ہوئے تھے۔ اور وہ اُن کی زبان بخوبی بول سکتا تھا۔ اس لئے کسی کو اس پر شبہ نہ ہوا۔ اور وہ ایک دن موقعہ دیکھ کر آدھی رات کو موگری کے گھر کے اُس کمرے میں گھس گیا جہاں موگری سو رہی تھی۔ موگری کمرے میں اکیلی سو رہی تھی۔ اُس نے آہٹ کئے بغیر کنڈی اندر سے چڑھا دی۔ رائفل کندھے سے اُتار کر ایک کونے میں رکھ دی۔ اور آہستہ آہستہ دُبک دُبک کر وہ موگری کے بستر کے قریب چلا گیا۔ قریب جا کر اُس نے اپنا خنجر نکال لیا۔

وہ خنجر ہاتھ میں لئے دیر تک کھڑا رہا۔ اور موگری کی سانسوں کی پُرسکون آواز سنتا رہا۔ چاروں طرف گھُپ اندھیرا تھا۔ وہ موگری کے چہرے کو نہیں دیکھ سکتا تھا۔ اس کے دل میں شدید خواہش پیدا ہوئی کہ وہ ایک بار ماچس جلا کر موگری کا چہرہ دیکھے۔ مگر پکڑے جانے کا ڈر سے اس نے ایک اذیت ناک خواہش کو اپنے دل میں روک دیا۔ دیر تک وہ خنجر لئے یونہی کھڑا رہا۔ اور موگری کے سانسوں کے اُس بے آواز جھرنے کو سنتا رہا جو اب اُس کے دل کی طرف بہہ رہا تھا۔ وہ ہولے ہولے موگری کے چہرے پر جھُک گیا۔ بس ایک الوداعی بوسہ اور پھر خنجر!.....

مگر جھکتے جھکتے اس کے سانس کی رفتار تیز ہوتی گئی۔ اس کے دماغ میں سنسناتی ہوئی گونجیں سی چاروں طرف پھیلنے لگیں۔ اور اس نے اپنے جلتے ہوئے، کانپتے ہوئے ہونٹ موگری کے ہونٹوں پر رکھ دیئے۔

موگری کے سارے جسم میں ارتعاش سا پیدا ہوا۔ اُسے ایسا محسوس ہوا جیسے موگری چیخ مارنے کو ہے۔ مگر اُس نے ایسی مضبوطی سے اپنے ہونٹوں سے ہلا رکھا تھا کہ چیخ مارنے کا سوال ہی نہ پیدا ہوتا تھا۔ پہلے تو موگری کا سارا جسم برف کی طرح سرد ہونے لگا۔ اور ہمیشہ یونہی ہوتا تھا۔ اُسے اس سے پیشتر کے بہت سے رنگین اور خوبصورت لمحے یاد آئے جب موگری پیار کرتے کرتے یک لخت اُس کے بازوؤں میں سرد پڑ جاتی تھی۔ اور کئی لمحوں تک اُس کی یہی کیفیت رہتی تھی جیسے وہ دل و جان سے اُسکی مزاحمت کر رہی ہے۔ پھر ہولے ہولے اُس کے بوسوں کی آنچ سے اُس کا سارا جسم گرم ہونے لگتا۔ ہولے ہولے گویا برف پگھلنے لگتی۔ اور بدن میں انگڑائیاں اور پھریریاں جاگنے لگتیں۔ اور گرم گرم سانس آنچ کی طرح پھیلنے لگتا۔ اور وہ بے اختیار ہو کر کاشر سے لپٹ جاتی اور اپنے بازو اُس کی گردن میں حمائل کر دیتی۔ موگری کے دل کے اندر غالباً محبت اور نفرت کا ہر آن بدلتا ہوا میزانیہ سا چلتا رہتا تھا۔ اپنا دشمن سمجھ کر وہ اس سے نفرت کرتی تھی۔ اپنا محبوب سمجھ کر اس سے محبت کرتی تھی۔ اور کبھی کسی نتیجے پر نہیں پہنچ سکی تھی۔

اس وقت بھی یہی ہوا۔ موگری کا سرد پڑتا ہوا خوفزدہ اور اپنے آپ میں اکیلا جسم دھیرے دھیرے لَو دینے لگا۔ جیسے انگ انگ سے روشنی پھوٹ نکلے۔ ایسی روشنی جسے آنکھیں نہیں دیکھ سکتیں۔ صرف ہات محسوس کر سکتے ہیں۔ موگری نے یقیناً اُس بوسے کو پہچان لیا تھا۔ خوبصورت اور پُر مسرت زندگی بسر کرنے والی عورت کی زندگی میں بہت سے بوسے آتے ہیں۔ دیمک کی طرح چاٹ جانے والے بوسے اور جونک کی طرح چمٹ جانے والے بوسے۔ رُوکھے سُوکھے پاپڑ نما بوسے اور لیسے لبلبلے اور گندے بوسے گویا ہونٹوں پر کیڑے چل رہے ہوں۔ شرمائے ہوئے سہمے ہوئے بوسے۔ اور خوفزدہ کمزور اور بیمار بوسے اور صحت مند اور شریر بوسے۔ موگری ایسی

خوبصورت عورتوں کو ہر قسم کے بوسوں سے واسطہ پڑتا ہے۔ مگر وہ یہ بھی جانتی ہیں کہ ان میں سے کون سا بوسہ ایسا ہوتا ہے جو دل پر دستک دیتا ہے۔ صرف اُسی دستک کے جواب میں وہ بوسے کے جواب میں بوسہ دیتی ہیں۔ ورنہ صرف ہونٹ پیش کرتی ہے۔

مگر اِس بار موگری صرف چند لمحوں کے لئے برف کی طرح ٹھٹھری رہی۔ پھر اُس نے اپنے اوپر جھکے ہوئے ہونٹوں کے مس کو پہچان لیا اور پہچان کر بھی گو وہ چند لمحوں کے لئے وحشت زدہ اور ٹھٹھری سی رہی، مگر ہوتے ہوتے اُس کی مغائرت دُور ہوتی گئی۔ آدھی رات کے نیم گرم اندھیرے میں کسی غیر متوقع خوشی سے اُس کی ساری روح کانپ اُٹھی۔ اور وہ خود سے کاشر کی باہنوں میں آگئی۔ اور اس طرح آئی جیسے اب تک کبھی نہ آئی تھی۔ کاشر نے محسوس کیا جیسے آسمان زمین پر اُتر آیا ہو۔ اور زمین لمبے لمبے سانس لے کر ہانپنے لگی۔ ایک شعلہ سا تھا جو برف کی پنہائی میں ڈوب رہا تھا، برف کی ٹوٹتی ہوئی ٹکڑیاں۔ گلاب کی بکھری ہوئی پتیاں۔ سِسک سِسک کر سُلگتا ہوا سنگیت ..... جسم کے حصار کو توڑنے کی کاوش میں اُفتاں وخیزاں۔ یکایک حصار ٹوٹ گیا .... مچھلیاں طوفان میں بہ گئیں۔ بہت سارے چراغ اِک دم گُل ہو گئے۔ پھر سارے احساس نیم غنودگی کی سبز جھیل میں کھو گئے .....

جب وہ جاگا تو اسی طرح گھپ اندھیرا چھایا ہوا تھا۔ اور موگری اس کی باہنوں میں بے خبر سو رہی تھی۔ جانے اس بے خبری میں کب کاشر نے خُود اپنے ہات کا خنجر اپنے پہلو میں رکھ لیا تھا.....!

اس نے پہلو بدل کر آہستہ سے خنجر نکالا۔ آہستہ سے موگری نیند میں کسمسائی۔ جھکے ہوئے کاشر کو موگری کا ہات اپنی پیٹھ پر محسوس ہوا، تھپکتا ہوا۔ نیند کی ترغیب دیتا ہوا۔ پیشتر اس کے کہ وہ پھر اپنے جذبات کے دھارے میں بہ جائے اُس نے ایک ہی جھٹکے سے پورا خنجر جھتی تک

موگری کے دل میں آتار دیا۔

موگری چیخ بھی نہ سکی۔ ہولے ہولے اس کا کانپتا ہوا جسم ٹھنڈا ہوتا گیا۔ مگر کاشر نے موگری کو بہت دیر تک اپنے جسم سے الگ نہیں کیا۔ ہولے ہولے کاشر کے جسم نے موگری کے مرتے ہوئے جسم کے ہر ارتعاش کو اپنے اندر جذب کر لیا۔ اور جب موگری کا جسم بالکل ٹھنڈا ہو گیا۔ تو اُس نے موگری کے جسم کو اپنے جسم سے الگ کر دیا۔ اس کے ٹھنڈے ہونٹوں کو پھر اس طرح بوسہ دیا جیسے وہ قبر کو بوسہ دے رہا ہو۔ پھر کنڈی کھول کر باہر آنگن میں آیا۔ اور تیز تیز قدموں سے چلتے ہوئے وہ آنگن کی دیوار پھلانگ کر ایک احمق کی طرح سرپٹ بھاگنے لگا۔ کیوں کہ اب اس کے دماغ کی ہر رگ اور نس تانبے کے تاروں کی طرح جھنجھنا رہی تھی اور جسم کے رونئیں رونئیں میں خطرے کی گھنٹیاں بج رہی تھیں ...... یہ اس کی خوش قسمتی تھی کہ سارا گاؤں نیند میں ڈوبا ہوا سو رہا تھا۔ کسی نے اُس کے جسم میں بجتی ہوئی خطرے کی گھنٹیوں کی پُرشور صدا کو نہیں سنا۔ اور وہ کھیتوں سے نکل کر سارُود پہاڑ کی چڑھائی چڑھنے لگا۔ صبح جب موگری کے بھائیوں نے موگری کی لاش دیکھی۔ اور دیوار سے لگی ہوئی رائفل کو پہچانا تو اس کا تعاقب کیا۔ مگر اب تک اسے چار گھنٹے کا اسٹارٹ مل چکا تھا۔

اتنی دوری سے وہ انہیں دیکھ سکتا تھا۔ موگری کے دونوں بھائی برابر قدم سے قدم ملائے تیز تیز چل رہے تھے۔ وہ موگری کے بھائیوں کو جانتا تھا۔ وہ دونوں بہادر اور جری۔ دلیر اور جفاکش تھے۔ اُس کی طرح پُرخطر زندگی کے عادی تھے۔ مستقل مزاج، غیور اور انتقام پسند تھے۔ وہ ان سے کسی رحم کی توقع نہ کر سکتا تھا۔ درخواست بھی نہ کر سکتا تھا۔ پہلی بات ان کے کردار کے خلاف ہوتی۔ دوسری اس کے اپنے مزاج کو ناپسند ہوتی۔ اگر رائفل اس کے ہاتھ میں ہوتی تو وہ اُن دونوں کا مقابلہ کر سکتا تھا۔ وہ اتنا فاصلہ ضرور رکھے گا کہ کسی طرح اُن کی رائفل کی زد میں نہ آسکے۔ وہ دونوں بہت تیزی سے منجھے ہوئے مشاق پہاڑی خچروں کی طرح چل رہے تھے۔ وہ بھی برابر

یکساں لے میں چھوٹے چھوٹے سانس لیتا ہوا سارُود کے اوپر چڑھ رہا تھا۔ مگر فاصلہ دھیرے دھیرے کم ہو رہا تھا کیونکہ وہ دونوں کھیتوں میں تھے۔ سیدھے اور سپاٹ راستے پر۔ اور وہ پھسلواں چڑھائی پر جہاں کائی لگی چٹانیں تھیں اور بُھربُھری مٹی۔ اور کل رات کو جب وہ موگری کی آغوش میں تھا کسی وقت سارُود پہاڑ کی اونچائی پر بارش ہو چکی تھی۔ اور سارا پہاڑ گیلا تھا۔ اور بُھربُھری مٹی میں دھنسی ہوئی چٹانیں اپنی جگہ سے ہلتی ہوئی معلوم ہوتی تھیں۔ اور اُسے ہر قدم نہایت احتیاط سے اور پھونک پھونک کر رکھنا پڑتا تھا۔ اور جگہ جگہ رُک کر ایک لمحے کے لئے پیچھے مڑ کر بھی دیکھنا پڑتا تھا کہ وہ دونوں کہاں ہیں اور کتنے فاصلے پر ہیں۔ پہاڑ اس قدر ننگا تھا کہ دونوں فریق ایک دوسرے کو دیکھ سکتے تھے۔ اور لمحہ بہ لمحہ اس تعاقب کا اندازہ کر سکتے تھے۔ بھاگنے والا بھی اور پیچھا کرنے والا بھی۔ دونوں اس تعاقب میں برابر ایک دوسرے کو نگاہ میں رکھنے پر مجبور تھے۔

دھیرے دھیرے صبح کے سپید سنہرے اور گلابی پردے آسمان سے سرکا دیئے گئے اور سُورج فلک کی نیلگوں کھڑکیوں سے نیچے جھانکنے لگا۔ دھیرے دھیرے اُس کی روشنی تیز سخت گیر اور بے رحم ہوتی گئی۔ اور کاشر کو احساس ہونے لگا گویا سورج بھی اس کا تعاقب کر رہا ہے۔ اس کی گردن چہرے اور پیٹھ سے پسینہ پھُوٹ نکلا۔ روشنی اُسے اپنی پلکوں پر بیٹھی ہوئی محسوس ہونے لگی۔ اور کرنوں کے کوڑے متواتر اُس کے جسم پر پڑنے لگے۔ اور پیاس سے حلق میں کانٹے سے چُبھنے لگے۔ تو بھی وہ چلتا رہا۔ چلتا رہا۔ چلتا رہا۔ ساری صبح چلتا رہا۔ ساری دوپہر چلتا رہا۔ کبھی تیز۔ کبھی مدھم۔ کبھی مضبوط قدموں سے کبھی تھکے بھاری قدموں سے۔ ایک لمحہ رُکے بغیر چلتا رہا۔ پیاس نے اُس کا حلق بالکل خشک کر دیا تھا۔ گال، زبان، تالو۔ کاگ اور نرخرے میں ایسا لگتا تھا گویا کہیں سے خاردار جھاڑیاں اُگ آئی ہیں۔ اور ہوا کی نالی سے ہوائیوں

اندر باہر جاتی تھی جیسے لوہار کی خشک اور سخت کھردرے چمڑے والی دھونکنی سے نکلتی ہے۔ اب ہوا کی دھار تک کانٹے کی طرح تیز اور نکیلی تھی۔ تو بھی وہ چلتا رہا۔ کیوں کہ وہ رُک نہ سکتا تھا، کیوں کہ اس کا تعاقب کرنے والے بھی کہیں ایک لمحے کے لئے نہیں رُکے تھے۔ چلتے چلتے جب وہ سارود پہاڑ کا تین چوتھائی سے زیادہ فاصلہ طے کرگیا۔ اور جب اُسے سارود پہاڑ کی برفیلی چوٹی اُونچی اُونچی لمبی چٹانوں سے گھری ہوئی اپنے سر کے اُوپر نظر آنے لگی۔ اور وہ سپید سپید بادل جو اُس کے بالکل نزدیک منڈلا رہے تھے اس کے کندھوں کو چھوتے ہوئے محسوس ہوئے۔ تو اس نے چند لمحوں کیلئے آرام کرنا برحق جانا۔ اور خطرے سے خالی بھی۔ اور وہ لڑکھڑاتا ہوا بالکل مجبور ہو کر چٹانوں میں دبے ہوئے ایک چھوٹے سے چشمے پر جُھک گیا۔ اور جانوروں کی طرح ڈیک لگا کر پانی پینے لگا۔ پانی پیتے پیتے اس نے بڑی مشکل سے اپنے آپ کو بیچ ہی میں روک کر نگاہ گھما کر نیچے کی طرف دیکھا۔ اس کے تعاقب کرنے والے پہاڑ کا راستہ آدھے سے زیادہ طے کرچکے تھے پھر بھی وہ کافی عرصے کے لئے خطرے سے باہر تھا۔ اور اب چوٹی دو ہزار فٹ کے فاصلے پر گویا اُس کے سر کے اُوپر اطمینان کا سایہ کئے کھڑی تھی۔ ایک جست اور...... اور پھر وہ خطرے سے باہر تھا۔ ایک دفعہ وہ چوٹی پر پہنچ جائے پھر گڈبالی کے جنگل میں اسے کوئی نہیں پکڑ سکے گا۔

یہ خیال آتے ہی اس نے اطمینان کا ایک سانس لیا۔ اور اپنا چہرہ سارے کا سارا چشمے کے پانی میں ڈبا دیا۔ پانی پی کر اُس کا تنا ہوا گرم جسم ایک دم گویا سیراب ہوگیا۔ ڈھیلا پڑ گیا۔ اُس نے اپنی آنکھیں بڑے اطمینان سے بند کرلیں۔ وہ وہیں چشمے کے کنارے اپنے بدن کو ڈھیلا چھوڑ کر ٹانگیں پسار کے پڑ گیا۔ اُس نے اپنی آنکھیں بند کرلیں۔ اور چند منٹ کے لئے سستانے کے لئے ایک نیم غنودگی کے عالم میں کھو گیا۔ ابھی تھوڑی دیر کے بعد بس چند منٹ

کے بعد وہ تازہ دم ہو کے اُٹھے گا۔ اور پہاڑ کا آخری حصہ طے کر کے چوٹی پر ہو گا اور خطرے سے باہر پہنچ جائے گا۔

وہ یونہی چند منٹ کے لئے اُسی نیم غنودگی کے عالم میں سستاتا رہا۔ چند منٹ کے لئے اُس کے جسم کو جو آرام ملا تو اُس کے دِل سے وقت کا احساس زائل ہو گیا۔ آرام کا ایک گنگنا تھپکنے والا نشہ تھا جو اُس کے جسم و جان میں اُترا جا رہا تھا۔ اُسی عالم میں اُس نے پہلے دو ایک منٹ میں چوٹی کی بھربھری مٹی سے پھسل کر گرنے والی چٹانوں کی ایوالانش کی آواز نہیں سُنی۔ پھر جب یکا یک بڑھتی ہوئی گڑگڑاہٹ کی وہ آواز اُس کے کانوں میں آنے لگی تو وہ چونک کر اُٹھ بیٹھا۔ پھر وہ خوف اور دہشت کی ایک چیخ مار کر چشمے سے ہٹا اور چوٹی سے گرنے والے ہزاروں ٹن مٹی اور چٹانوں کے خوفناک تیزی سے نیچے کو بھاگتے ہوئے ملبے سے اپنی جان بچانے کے لئے ایک طرف کو بھاگا۔ بھاگتے بھاگتے بھی وہ اپنے آپ کو اُس خوفناک ایوالانش کی زد سے نہ بچ سکا۔ ہزاروں توپوں کی گڑگڑاہٹ کے ساتھ ایک طوفان خیز زلزلہ سا گویا اُس کے سر کے قریب سے گزرا اور وہ زمین پر بچھ گیا۔ اُسے اپنے حلق میں اور نتھنوں میں اور سانس کی نالی میں مٹی کے ذرے گھستے ہوئے محسوس ہوئے اور ایک خوفناک کڑک سے ساری زمین کانپتی ہوئی محسوس ہوئی۔ پھر کوئی انتہائی سخت سی چیز اس کی ٹانگوں سے ٹکرائی جیسے کسی نے بڑے زور سے کوئی آہنی ہتھوڑی اُس کے وجود پر گرا یا ہو۔ اور وہ بے ہوش ہو گیا۔

جب وہ ہوش میں آیا تو چند لمحوں تک اُسے یہ احساس رہا جیسے کہ وہ مر چکا ہے۔ اور کسی گہری قبر میں دفن ہے۔ اُس کے چاروں طرف دائیں بائیں اُوپر نیچے مٹی کنکر روڑے اور چھوٹی چھوٹی چٹانیں پڑی تھیں اور وہ ان میں اوندھا لیٹا تھا۔ پھر اُس نے آنکھیں

کھول کر دیکھنے کی کوشش کی تو اُسے اپنے دونوں ہات نظر آئے جو مٹی میں دھنسے تھے۔ اُس نے پہلے تو بڑی حیرت سے اپنے ہاتوں کو دیکھا۔ پھر آہستہ سے انہیں ہلایا۔ جب وہ ہلنے لگے تو اس کا اچنبھا دُور ہوتا گیا۔ اُسے یقین آ گیا کہ وہ زندہ ہے۔ اُس نے بڑی کوشش سے لیٹے لیٹے پہلے اپنے دائیں ہات کو مٹی اور کنکر کے ڈھیر سے آزاد کیا۔ پھر دوسرے ہات کو۔ پھر مٹی کھود کر اُس نے اپنے دھڑ کو آزاد کرایا۔ پھر اپنی بائیں ٹانگ کو۔ پھر جب وہ کسمسا کر اور کروٹ لینے کے انداز میں دائیں ٹانگ کو آزاد کرانے کے لئے زور لگانے لگا جو ایک بڑی چٹان کے نیچے دبی تھی تو شدید درد اور اذیت کی ایک زور کی چیخ اُس کے حلق سے نکل گئی اور وہ اپنی کوشش میں ناکام ہو کر وہیں زمین پر پڑے پڑے ہانپنے لگا۔

جہاں وہ لیٹا تھا۔ اور جس زاویے سے وہ لیٹا تھا وہاں سے اُسے پہاڑ کے نچلے حصے کا منظر بخوبی دکھائی دیتا تھا۔ وہ دیکھ سکتا تھا کہ ایوالانش کا بھاری ملبہ اس کے جسم سے بس چند فٹ کے فاصلے سے ہو کر گزرا ہے۔ چند لمحوں کی دیر ہو جاتی تو اُس کے جسم کے ٹکڑے ٹکڑے اُڑ جاتے۔ یا چند لمحے اگر وہ خبردار ہو جاتا تو اس ایوالانش سے وہ صاف بچ جاتا...... اُس نے دُور تک نیچے ایوالانش کے راستے کو دیکھا۔ ایوالانش جہاں جہاں سے گزری تھی جھاڑیوں کو اُکھاڑتی ہوئی ٹیلوں کو مسمار کرتی، چٹانوں کو بہاتی اک گہری کھائی بناتی ہوئی گزر گئی تھی۔ اک لمحے کے لئے اُس کے دل میں یہ اطمینان بخش خیال آیا کہ وہ دونوں مر گئے ہوں گے۔ اس ایوالانش کی زد میں آ کر لاکھوں ٹن مٹی کے نیچے اُن کے جسم دب گئے ہوں گے۔ دوسرے لمحے میں اُس نے دیکھا کہ نیچے ایک چٹان کی اوٹ سے وہ دونوں بھائی صحیح و سلامت نکل رہے ہیں۔ رائفلیں اُٹھائے ہوئے اور بڑی احتیاط سے پگ دھرتے ہوئے اپنی آنکھوں پر بار بار ہات رکھ کر اُوپر کا راستہ دیکھتے ہوئے چلے

آ رہے ہیں۔ اس کے چہرے پر ایک تلخ سی مسکراہٹ آ گئی۔

اپنے جسم و جان کا پورا زور لگا کر اُس نے اپنی دائیں ٹانگ کو بھی اس بھاری چٹان سے آزاد کرا لیا۔ چٹان جو لڑھکی تو دیر تک نیچے کو گڑگڑاتی ہوئی اُتر گئی۔ اُس کی آواز سے نیچے تعاقب کرنے والے چونکے اور انہوں نے اُسے اُٹھتے ہوئے دیکھ لیا۔ مگر ابھی تک وہ بہت نیچے تھے۔ اور وہ اُن کی رائفل کی زد سے باہر تھا۔

اپنے بائیں گھٹنے پر پورا زور دے کر وہ ہمت سے اُٹھ کھڑا ہوا۔ مگر پہلا قدم بڑھتے ہی لڑکھڑا کر گر پڑا۔ اُس کی دائیں ٹانگ کی ہڈی ٹوٹ چکی تھی۔ بالکل شکستہ ہو چکی تھی۔ اور اُس کے دھڑ کے اندر خطرناک ٹیسیں اُٹھ رہی تھیں۔ اور اب وہ چل نہ سکتا تھا۔ تو بھی وہ کوشش کر کے پھر اُٹھا اور اپنی دائیں ٹانگ کو اٹھاتے ہوئے ایک ہی ٹانگ سے راستے پر پھلانگ پھلانگ کر چلنے کی کوشش کرنے لگا۔ یقیناً نیچے تعاقب کرنے والوں نے اُسے دیکھ لیا تھا۔ اور اب تیز تیز قدموں سے اُس کا تعاقب کر رہے تھے۔ وہ دانت پیس پیس کر پھلانگ پھلانگ کر آگے بڑھتا رہا۔ مگر درد لمحہ بہ لمحہ بڑھ رہا تھا۔ اور وہ بیچ بیچ میں مجبور ہو جاتا کہ کسی چٹان پر بیٹھ کر جانوروں کی طرح ہانپ لے۔ درد کی ٹیسیں بڑھ رہی تھیں۔ اس کا سارا جسم اک کربناک اذیت سے کانپ رہا تھا۔ اور فاصلہ کم ہو رہا تھا۔ وہ دونوں نزدیک آ رہے تھے۔ نزدیک ہوتے جا رہے تھے۔ وہ پھلانگتے پھلانگتے تقریباً دوڑنے لگا۔ بُری نابرابر دوڑ تھی۔ مگر وہ کچھ نہیں کر سکتا تھا۔ اگر ایک لحظہ کے لیے بھی ٹوٹی ہوئی ٹانگ کو زمین پر رکھتا تو آگ اور تیزاب کی ملی جلی جلتی ہوئی کیفیت سے دوچار ہوتا۔ اور فوراً اپنی ٹوٹی ہوئی ٹانگ اُوپر اُٹھا لیتا۔ پھلانگتے پھلانگتے وہ ہزار بارہ سو فٹ اور اُوپر بڑھ آیا۔ چوٹی اب اُس سے صرف پانچ سات سو فٹ کے فاصلے پر تھی۔ مگر اب وہ بالکل بے دم ہو چکا تھا۔ اس کے جسم میں پھُریاں سی چل

رہی تھیں۔ بار بار اس پر نیم غشی کے دورے سے پڑتے اور آنکھوں میں تو مہرے سے ناچنے لگتے ۔اب اُس نے محسوس کیا کہ اس کا دھڑ بالکل بے کار ہو چکا ہے ۔اب وہ بالکل نہیں چل سکتا۔ کسی نہ کسی طرح زور لگا کر اُس نے اُٹھنے کی کوشش کی ۔جب اُس میں ناکام ہوا تو اُس نے سر نیچا کر کے پیٹے پیٹے ہی گھسٹنا شروع کر دیا۔ اُوپر کی طرف اپنے بازوؤں کی قوت سے وہ ہر فٹ اُوپر ہی اُوپر گھسٹتا رہا۔ اس گھسٹنے میں اُس کے گھٹنے چھل گئے ۔ اس کی کہنیوں سے خُون بہنے لگا۔ ہاتوں کی اُنگلیاں چھلنی ہوتی گئیں۔ اس کے شانے چھل گئے۔ پھر بھی وہ لمحہ بہ لمحہ آگے ہی کو اُوپر کو ہی گھسٹتا رہا۔ ساری زندگی کی کاوش اور اُمید اور محنت اور اس کا درد اور انتظار اُس کی آنکھوں میں کھنچ آیا تھا۔ اور وہ اپنے جسم سے نہیں بلکہ اپنی آنکھوں سے چلتا ہوا معلوم ہوتا تھا۔ آخری سو فٹ ...... اب اُس نے پیچھے کو دیکھنا چھوڑ دیا تھا۔ آخری پچاس فٹ ...... آخری تیس فٹ ...... وہ اُوپر ہی اُوپر گھسٹتا گیا۔ پھر دانت پیس کر اور اپنے جسم سے زیادہ اپنی روح کا پورا زور لگا کر اور اپنی حیات کی مخفی قوتوں کو آواز دے کر اُس نے آخری تیس فٹ بھی انچ انچ گھسٹ کر طے کر لئے ۔ اور پہاڑ کی سب سے اونچی چوٹی پر پہنچ گیا۔ جو تعاقب کرنے والوں کی طرف سیدھی بلم کی طرح کھڑی تھی۔ لیکن گڈیالی کے جنگل کی طرف ایک آرام کرسی کی طرح ڈھلوان شکل اختیار کئے ہوئے تھی۔

چوٹی پر پہنچ کر اُس نے اپنے آپ کو اس چٹان کی اُونچی آرام کرسی پہ گرا دیا۔ اور ہانپتے ہانپتے اپنی آنکھیں بند کر لیں۔

جب اُس نے اپنی آنکھیں کھولیں تو گڈیالی کا سرسبز اور گھنا جنگل دُور نیچے تک اس کے قدموں میں پھیلا ہوا نظر آ رہا تھا۔ ندی کے پار اس کے اپنے دیس میں آفتاب غروب ہو رہا تھا۔ اور دُور دُور تک اُفق تا اُفق اس کے دیس کی گھاٹیاں اور وادیاں۔ دھان کے

کھیت اور لہراتی ہوئی ندیاں ایک نارنجی غبار میں کھو گئیں تھیں۔ اور جہاں پر کبھی پُل تھا وہاں پر دھنک کی محراب پھیلی ہوئی تھی۔ وہ دیر تک حیرت سے خوبصورت رنگوں کی اس نازک سی محراب کو دیکھتا رہا جو اس کے دل کے سپنوں کی طرح حسین تھی۔ اور یکایک اسے احساس ہوا جیسے اس کے سفر کی آخری منزل آگئی۔ اب جس جگہ پر وہ پڑا ہے۔ وہاں سے وہ ایک اِنچ اِدھر اُدھر حرکت نہیں کر سکتا۔ وہ چوٹی پہ پہنچ گیا تھا۔ اور اس کے جسم نے اُسے آخری جواب دے دیا تھا۔

اُس نے سر کی ایک ہلکی سی جُنبش سے ٹوٹے ہوئے پُل کے کنارے اپنے وطن کے سپاہیوں کو سلام کیا۔ اور پھر آنکھ کے کنارے سے نیچے دوسری طرف پہاڑ پر چڑھنے والے دو گری کے دو بھائیوں کو آتے دیکھا۔ اب وہ اُن کی رائفل کی زد میں تھا۔ مگر وہ اُسے مار نہیں سکتے تھے۔ کیونکہ اس کی پیٹھ پر ایک مضبوط و بیز چٹان تھی۔ اُنہیں اُسے مارنے کے لیئے چوٹی تک آنا ہوگا۔ اور چوٹی تک آنے میں اُنہیں ابھی آدھ گھنٹہ اور لگے گا۔

چند لمحوں میں وہ بہت دُور اپنے بچپن کو لوٹ گیا۔ اور ان پہلے چند لمحوں میں اُسے اپنے بچپن کے، اپنے گاؤں کے پہاڑ یاد آئے۔ اُونچے ٹیڑھے میڑھے رستے۔ موڑ پر کھڑے ہوئے اچانک اجنبیوں کی طرح نظر آجانے والے دیودار اور ندیاں شریر چرواہوں کی طرح گھاٹی پر دوڑتی ہوئی اور دُھوپ کا آنچل دھیرے دھیرے کسی وادی کے رُخ پر سرکتا ہوا۔ اور خوشبو، تاریک شاموں کی، جن میں ننھے ننھے چراغ رات کے دھیمے سُروں کی طرح جگمگاتے ہیں۔ اور محبت کی سرگوشی کی طرح مہکتے ہیں۔ چند لمحوں کے لیئے وہ بہت دُور وہاں لوٹ گیا جو اُس کی ابتدا تھی۔

پھر ابتدا سے وہ جو پلٹا تو اگلے چند لمحوں میں اپنی پُوری زندگی پھلانگ گیا۔ اور یکایک

اُسے محسوس ہوا کہ اب تک اُس نے جتنی زندگی گزاری وہ دوسروں کے لئے تھی۔ موگری کی پہلی وفا کے لئے۔ اور اس کی آخری بے وفائی کے لئے۔ اپنے ملک کی محبت کے لئے۔ اور اس کے آخری انتقام کے لئے اور آخر میں اُس خندق کے لئے جو دلوں کو دلوں سے جُدا کرتی ہے۔ قطرہ قطرہ کر کے جب اُس نے اپنی زندگی کا سارا حساب چُکا دیا تو اُسے محسوس ہوا کہ اس کے پاس صرف یہی آدھ گھنٹہ بچا ہے۔ جو مکمل طور پر اس کا اپنا تھا۔

مگر آدھ گھنٹہ تو بہت ہوتا ہے۔ وہ تو ایک طویل عرصہ ہوتا ہے۔ اس عرصے میں وہ بہت کچھ کر سکتا ہے۔ وہ دونوں ہات پھیلا کر آسمان سے گلے مِل سکتا ہے۔ زمین پر کھلے ہوئے بسنتی پھولوں کو سُونگھ سکتا ہے۔ ہوا میں اُڑتی ہوئی نازک بدن ابابیل اور زمین پر چلتی ہوئی کنواری ندی کو دیکھ سکتا ہے۔ اس آدھے گھنٹے میں وہ ایک پوری زندگی گزار سکتا ہے۔ آدھ گھنٹہ تو بہت ہوتا ہے۔!

اور جب اس نے یوں محسوس کیا تو ایسا لگا جیسے وہ ابھی ابھی پیدا ہوا ہے۔

یکایک اُس کے سارے جسم سے درد نکل گیا۔ اس نے اپنے آپ کو بالکل ایک نوزائیدہ بچے کی طرح ہلکا پُھلکا اور معصوم محسوس کیا۔ یکایک اس کا جی چاہا کہ وہ باہیں پھیلا کر زور سے قہقہہ لگائے۔ ایسا خوش نصیب آدھ گھنٹہ کس کی زندگی میں آیا ہو گا۔ شروع سے آخر تک اُس کا اپنا، اس کے آغاز سے انجام تک مکمل باخبر۔ اس آدھ گھنٹے میں وہ اپنی تقریر پر پُوری طرح قادر تھا۔ وہ اس آدھے گھنٹے کا خُدا تھا۔

مسرت کی ایک لہر اُس کے دل میں دوڑ گئی۔ اس نے بڑے اطمینان سے اپنی ٹانگیں پسار دیں۔ اپنے جسم کو بالکل ڈھیلا چھوڑ دیا۔ اور دونوں آنکھیں بند کر کے موگری کے بھائیوں کا انتظار کرنے لگا۔

ربڑ کی عورت

حسن کی تیسری بیوی بستر مرگ پر تھی۔ تنکیلا نے حسرت بھری نگاہوں سے اپنے شوہر کی طرف دیکھتے ہوئے اس کا ہاتھ اپنے ہاتھ میں لے کر اپنی زندگی کی آخری سانسوں کو مجتمع کرتے ہوئے کہا۔

"میں تو اب جا رہی ہوں مگر فاروق کا خیال رکھنا۔ گیارہ سال کا بچہ ہے۔ اپنی ماں کے لئے روئے گا۔ تمہارے سوا اور کون ہے اس کا اس دنیا میں۔ گرمی اس کے مزاج میں بہت ہے۔ اسے ہر روز دہی دیتے رہنا۔ دہی سے اس کی صحت ٹھیک رہتی ہے۔ جما ٹھیک سے دودھ نہیں لا رہا ہے۔ میرے فاروق کے لئے اپنے سامنے دودھ لیا کرنا۔ میرے خیال میں تو محمد گوجر کا دودھ لگوا لو۔ اگیا بھاجی والی کے صرف سوا سات روپے باقی ہیں بہت جھوٹی ہے مکار، کہیں زیادہ رقم نہ تم سے اینٹھ لے۔ باقی سب کا حساب میں کر کے جا رہی ہوں۔ اماں کو تار دے دینا مگر ماموں کو خبر نہ کرنا۔ میں نے قسم کھائی تھی مرتے مرتے ماموں کا منہ نہ دیکھوں گی۔ میں تو جا رہی

ہوں اب پر فاروق کے کپڑے درزی کے ہاں سلنے کو دے رکھے ہیں۔ پندرہ روپے وہ مجھ سے ایڈوانس لے چکا ہے۔ دھیان رکھنا۔ بل میں سے کاٹ لینا اور کچن کے نل کی ٹونٹی ٹوٹ گئی ہے۔ چائے کا نیا سیٹ بھی آ ئے گا گھر میں، فاروق کو پرانے پیالوں سے چڑ ہے۔ میں تو اب جا رہی ہوں پر تم اب چوتھی شادی مت کرنا۔ رحیلہ، نو سال کی میری بچی، کو وہ سوت مار ڈالے گی۔ پانچ چھ سال میں یہ رحیلہ جوان ہو جائے گی۔ اب اپنی شادی کی نہیں اس کی شادی کی فکر کرنا۔ چابیوں کا گچھا پانداں میں رکھا ہے۔ تمہاری پاس بک اور چیک بک میری وارڈروب کے اندر بائیں طرف شیلف میں ٹنگے ہوئے بھورے رنگ کے اوور کوٹ کی اندر کی جیب میں ہے میری معصوم رحیلہ کی شادی کہیں فیروز کی ماں کے کہنے میں آ کر اظہر سے نہ کر دینا۔ کب سے وہ یہ رشتہ مانگ رہی ہے پر وہ کٹنی مجھے ایک آنکھ نہیں بھاتی اُدھر کا رُخ کر دگے تو محشر میں تمہارا دامن پکڑوں گی۔ میں تو اب جا رہی ہوں مگر وہ۔۔۔۔۔۔ منسا رام بزاز کو میں نے اپنی کالی بنارسی ساڑی کے لئے بارڈر منگانے کو کہا تھا اور اسے۔۔۔۔"

شکیلا آگے کچھ نہ کہہ پائی، اس کا دم ٹوٹ گیا، حلق کا منکا ڈھلک گیا۔ آخری سانس بھی نکل گئی۔ گھر میں سب لوگ دھاڑیں مار مار کر رونے لگے۔

حسن ایک جرمن فرم میں ساڑھے پانچ ہزار روپے تنخواہ پاتا تھا۔ اس کا شمار اپنی فرم کے بہترین آفیسروں میں ہوتا تھا۔ وہ بے حد ذہین اور مستعد کارکن تھا۔ اسے اپنے کام سے لگن تھی۔ طبیعت خاموشی پسند تھی اور لڑائی جھگڑے سے وہ بہت گھبراتا تھا مگر اپنی گھریلو زندگی سے وہ ہمیشہ بیزار رہا۔ یہ اس کی بدقسمتی تھی کہ پہلی بیوی جو اُسے ملی بے حد جھگڑالو تھی۔ اس کا بس چلتا تو وہ ہر روز اپنے شوہر سے کسی نہ کسی بات پر جھگڑا کر بیٹھتی۔ تھوڑے سے جھگڑے کو حسن بھی برداشت کر سکتا تھا۔ مگر وہ تو جھگڑے کو لٹکانے میں ماہر تھی۔ دو سال میں ہی اس

نے حسن کی جان مشکل میں کر دی اور وہ تنگ آ کر خودکشی کی سوچنے لگا۔ وہ تو حسن کی خوش قسمتی کہیے کہ اس کے خودکشی کرنے سے پہلے اس کی بیوی ہی ملک عدم کو سدھار گئی۔

پہلی بیوی ایک دم گنوار لٹھ، ان پڑھ تھی اس لیے حسن نے سوچا: جھگڑا لازمی تھا، اب وہ کسی پڑھی لکھی، مہذب، سلیقے والی عورت کو بیاہ کر لائے گا، اپنے ماں باپ پر قطعی بھروسہ نہیں کرے گا۔ یہ محبت کی شادی ہوگی، بہت دیکھ بھال کے خوش قسمتی سے اسے بہت جلد کاملہ مل گئی۔ وہ ایک متمول، متمدن گھرانے کی لڑکی تھی۔ بے حد حسین، یورپی تعلیم سے آراستہ، آداب محفل سے واقف اور دل و جان سے حسن پر فریفتہ۔ بہت جلد شادی ہو گئی۔ شادی کے بعد چند ماہ بے حد آرام اور خوشی سے گزرے۔ ایک بچہ بھی ہوا۔ بچہ ہونے کے بعد ہی جیسے کاملہ اپنی تمام یورپی تعلیم اور مغربی آداب محفل بھول کر پرانے ٹائپ کی گرہستن بن گئی اور بات بے بات اپنے شوہر سے چیخ چیخ کہنے لگی۔ اس نے سجنا چھوڑ دیا میک اپ بہت کم کر دیا۔ کبھی حسن کی پسند کے کپڑے نہیں پہنتی تھی جس رنگ کا کپڑا حسن کو پسند ہوتا اسی سے کاملہ کو چڑ ہو جاتی۔ اس کے بال، جو تازہ ترین فیشن کے مطابق کٹے اور سجے سنورے ہوتے تھے۔ اب نیچے کھٹے رہنے لگے۔ بات بات پر وہ نوکروں پر چیخ پڑتی۔ اک ذراسی بات کو لے کر گھنٹوں رونے لگتی۔ حسن کے کسی ذرا سے مشورے پر جھلا اٹھتی، اپنے آپ کو کوستی، اسے صلواتیں سناتی۔ گھنٹوں بکواس کرتی۔ لگاتار کوسنے دیتے ہوئے بات چیت کو اتنا لمبا کھینچتی کہ اگر کبھی حسن عاجز آ کر اس کی باتیں سنتا سنتا ہم سب سے اٹھ کر چلا جاتا تو بھی لگاتار سنائے دیتی جاتی اس بات کی پرواہ کئے بغیر کہ حسن اس کے سامنے بیٹھا بھی ہے کہ نہیں پانچ سال میں ہی حسن اس سے اس قدر عاجز آ گیا کہ اس نے ہاتھ جوڑ کر اور پورا مہر دے کر بڑی مشکل سے کاملہ سے طلاق لے لی۔ اس دوران میں کاملہ سے ایک لڑکی بھی ہو چکی تھی۔ میمونہ کاملہ نے اس کا خرچ بھی بندھوا لیا اور میمونہ کو لے کر ہمیشہ کے لئے حسن کا گھر چھوڑ کر چلی گئی۔

حسن نے کچھ عرصے تک سکون کا سانس لیا، مگر آخر نوجوان آدمی تھا، کب تک شادی کے بغیر رہتا، مگر اب کے..... حسن نے سوچا.... اب کے ..... تیسری بار میں ایسی غلطی نہیں کروں گا اب کے چاہے سیٹھ ہو یا گنوار؟ پڑھی لکھی، مہذب ہو کہ غیر مہذب؟ اعلیٰ خاندان کی ہو یا گھٹیا خاندان کی۔ یہ سارے جھگڑے میں نے دیکھے ہیں کہ عورت کی حد سے بڑھی ہوئی حسن گفت گو سے شروع ہوتے ہیں۔ اب کے میں ایسی لڑکی تلاش کروں گا جو بے حد کم سخن ہو۔ بے ضرورت ایک لفظ نہ بولے، اپنے کام سے کام رکھے۔ اپنی گھرداری اور بچوں میں مگن رہے! نہ سوسائٹی میں گھومنے کی عادی ہو۔ نہ فیشن کی دلدادہ، نہ اس کے دفتر کے کام کے سلسلے میں اپنے احمقانہ مشورے دیا کرے۔ میں نوجوان ہوں، اعلیٰ گریڈ کا افسر ہوں۔ معقول تنخواہ پاتا ہوں، چاہے ہی وہ کسی غریب خاندان سے کیوں نہ تعلق رکھتی ہو۔ میری پہلی شرط، اور آخری شرط بھی، یہ ہے کہ وہ زیادہ گفت گو کی شائق نہ ہو، باقی سب سنبھال لوں گا۔

یہ فیصلہ کرکے وہ اپنی تلاش میں لگ گیا، اپنے دوستوں سے، رشتہ داروں سے بھی کہا اس نے ہر اس آدمی پر اپنا عندیہ بیان کیا جو اس کی تیسری شادی میں دل چسپی رکھتا تھا۔ یہ تلاش لیبار قرعۂ فال شکیلا کے نام پڑا جس کی کم سخنی اس قدر بڑھی ہوئی تھی کہ اپنی سہیلیوں میں بھی وہ "بدھو" اور "چپو" کے نام سے مشہور تھی۔ یہ سن کر حسن کو ایک حد تک اطمینان ہوا۔ مگر وہ دودھ کا جلا ہوا تھا۔ اب تو وہ چھاچھ بھی پھونک کر پئے گا۔ اس نے کہہ سن کر شکیلا کے والدین کو جو بے حد قدامت پرست تھے، لڑکی کو اسے دکھانے اور بات چیت کرنے پر راضی کر لیا۔

دو چار ملاقاتوں میں حسن کو اطمینان ہو گیا۔ شکیلا نہ صرف کم سخن بلکہ بے حد غبی بھی تھی شکل و صورت بھی واجبی تھی۔ اگر حسن پہلے دو شادیاں نہ کر چکا ہوتا تو شکیلا سے ملتے ہی پہلی ملاقات کے بعد انکار کر دیتا۔ مگر وہ تو ایسے تلخ تجربوں میں سے گزر چکا تھا کہ اب شکیلا کے بھی

مصائب اسے شکیلا کے محاسن نظر آرہے تھے۔ اچھی طرح سے اطمینان کرنے کے بعد حسن نے ہاں کردی اور اس کی تیسری شادی بھی ہوگئی۔ اس کی شادی میں ہر بڑی بوڑھی بڑی بیزاری سے سر ہلا کے کہتی تھی: "کیسی ہے یہ دلہن! بولتی ہی نہیں۔ جانے کیسے یہ حسن کا گھر سنبھالے گی!" یہ فقرہ سن کر اُداس ہونے کے بجائے حسن خوشی سے کھل اُٹھا۔

ایک سال گزر گیا۔ شکیلا کے ہاں فاروق ہوا پھر بھی شکیلا کم سخن ہی رہی۔ یہ حسن کے لئے بڑے اضطراب کا زمانہ تھا۔ اسے کاملہ کا تلخ تجربہ تھا۔ وہ گھنٹوں بڑی ہوشیاری سے شکیلا پر نگاہ رکھتا۔ یہ دیکھنے کے لئے کہ کہیں شکیلا میں بھی زیادہ باتیں کرنے کے جراثیم تو نہیں ابھر رہے ہیں۔ مگر شکیلا بدستور ٹھس کی ٹھس رہی اور حسن نے اطمینان کا گہرا سانس لیا۔

دو سال بعد رجیلہ نے جنم لیا، اور جب رجیلہ ڈیڑھ سال کی ہوگئی اور اس نے بولنا شروع کیا تو اس زمانے میں شکیلا نے بھی بولنا شروع کر لیا، یک لخت ایسے لگا جیسے بیٹی کو زبان ملتے ہی ماں کو زبان مل گئی۔ جوں جوں وقت گزرتا گیا رجیلہ اور شکیلا دونوں بولنے لگیں۔ اور بول بول کر انہوں نے حسن کا ناطقہ بند کر دیا۔ اب وہ جائے تو کہاں جائے۔؟

اس نے اپنی بدنصیبی پر ہتھیار ڈال دیا اور اپنی قسمت منظور کر لی۔

گھر میں ہر وقت وہ بُجھا بُجھا سا رہنے لگا۔ اس سے پہلے وہ ہر جھگڑے کو اپنی، سنجیدہ گفتگو، ٹھنڈی، پر مغز بات چیت سے نپٹانے کی کوشش کرتا تھا۔ لڑائی جھگڑے کا کسی حد تک جواب بھی دیتا تھا، کبھی اُسے غصہ بھی آجاتا اور وہ ترکی بترکی جواب دیتے ہوئے خود بھی چیخنے چلانے لگتا تھا، مگر اب جیسے اس کی ہمت جواب دے گئی اور اس نے ہتھیار ڈال دیئے اور طے کر لیا یہ گھر یونہی چلے گا اور اسی طرح چلے گا، اب تقدیر سے لڑنا فضول ہے۔

گھنٹوں وہ گھر میں دم سادھے پڑا رہتا۔ شکیلا اس کے لڑتی جھگڑتی، شکایت کرتی،

طعنے دیتی، وہ سنی اَن سنی کر دیتا، جان بوجھ کے بہرہ بن جاتا، جہاں تک ہو سکے خاموش رہتا۔ اگر بات کرنے پر مجبور ہی کر دیا جاتا تو شکیلا کی ہر بات میں ہاں میں ہاں ملا کر بات کو سلجھا دیتا۔ یعنی اور بگاڑ دیتا۔ اس سے شکیلا کے حوصلے اور بلند ہو گئے۔ اپنے شوہر کو دبا کر اس نے آس پاس کے ہمسایوں سے جھگڑنا شروع کیا۔ روز کوئی نہ کوئی فساد کھڑا رہتا تھا۔ حسن سب کچھ دیکھتا تھا سنتا تھا مگر اب وہ بولتا نہیں تھا۔ اصلاح کرنے کی کوشش نہیں کرتا تھا؟ اب وہ تقدیر پر شاکر تھا۔

اس طرح شادی کے تیرہ سال گزر گئے۔ شکیلا کی صحت بہت اچھی تھی۔ ان تیرہ سالوں میں اسے بخار تو کیا ایک بار زکام تک نہ ہوا تھا۔ ادھر حسن بھی تندرست بدن کا صحت مند مرد تھا۔ بظاہر اس بات کی کوئی امید نہیں تھی کہ دونوں میں سے کوئی بھی جلد مر جائے گا اور دوسرے کی گلو خلاصی کر جائے گا۔ مگر کرنا خدا کا کیا ہوا کہ تیرہ سال بعد اچانک شکیلہ بیمار پڑی اور اکیس دن بیمار رہنے کے بعد اس دارِ فانی سے کوچ کر گئی۔ یکا یک بالکل غیر متوقع طور پر حسن اپنی عمر کے چھیالیسویں سال میں پھر آزاد ہو گیا۔ وہ گھر کے شر و غضب سے اس قدر اُکتا چکا تھا کہ اس نے چوتھی بار شادی نہ کرنے کا فیصلہ کر لیا۔ فاروق اور رشیدہ کو ان کی دادی دادا کے پاس بھیج دیا اور خود اپنے گھر میں اکیلا، آزاد، امن چین کی زندگی بسر کرنے لگا۔

مگر آخر وہ انسان تھا، اس کے سارے جذبات و احساسات انسانوں کے سے تھے۔ عورت کے بغیر وہ کب تک رہتا! سماج میں وہ ایسی اعلیٰ حیثیت کا مالک تھا کہ ایک اشارے پر اس کے لئے ایک درجن رشتے حاضر تھے، مگر شادی کے نام سے وہ اب کانوں پر ہاتھ رکھتا تھا۔ شادی تو اب وہ کبھی نہیں کرے گا۔ عارضی دوستوں کی بھی کمی نہ تھی۔ ان سے اس کے جنسی جذبے کی تسکین بھی ہو جاتی تھی اور وہ آزاد کا آزاد بھی رہ سکتا تھا۔

وہ تو سب ٹھیک تھا مگر یہ گھر اب اسے کاٹ کھانے کو دوڑتا تھا۔ شروع کے چند ماہ بلکہ پورا سال ایک عجیب خوش گوار خاموشی سے گزرا۔ پھر یہی گھر بھائیں بھائیں کرنے لگا۔ ایک عورت کے وجود کے لیئے پکارنے لگا۔ دھیرے دھیرے اس کے دل میں تصویریں اُبھرنے لگیں۔ اس کی بیوی ڈرائنگ روم کے دیوان پر کاسنی رنگ کے بروکیڈ کا جھمجھاتا غرارہ پہنے ایک تپائی پر قریب ہی پاندان رکھے بیٹھی ہے اور اسے دفتر سے آتا دیکھ کر چپکے سے مسکرا دیتی ہے۔ وہ قریب آکر اسے چوم لیتا ہے۔ وہ مسکرا کر اسے پان پیش کرتی ہے۔ کھانے پر اس کی میز کے سامنے موجود ہے۔ ہاتھ بڑھا کر سالن دیتی ہے۔ منہ سے کچھ نہیں کہتی مگر نگاہوں سے کہتی ہے: ذرا یہ سالن تو چکھو، میں نے خود پکایا ہے۔ وہ کھانا کھاکے بیڈروم کی آرام کرسی پر بیٹھا ہے۔ منہ میں سگار ہے۔ وہ کچھ نہیں کہتی۔ قریب آکر بڑی محبت سے اس کی آرام کرسی کی ہتھی پر بیٹھ جاتی ہے اور اس کا سگار سُلگا دیتی ہے۔ پھر لچکتی مٹکتی سنگار میز پر چلی جاتی ہے اور اپنے ہونٹوں کی سرخی تازہ کرنے لگتی ہے۔ کتنی ہی خوبصورت متاہلانہ زندگی کی یہ تصویریں ہیں۔ مگر ایک بات ان تمام تصویروں میں مشترک تھی۔ یہ تصویریں بولتی نہیں تھیں۔ صرف نگاہ کے اشارے گردن کے خم اور ہونٹوں کے تبسم سے گفتگو کرتی تھیں اور جب وہ یہاں تک سوچتا تو ٹھنڈی آہ بھر کے رہ جاتا۔ ایسی عورت کہاں ملے گی بھلا؟

دن بدن اس کی زندگی کا سوناپن اور اکیلاپن بڑھتا گیا، عاجز آکر وہ عنقریب چوتھی شادی کا فیصلہ کرنے ہی والا تھا کہ اسے ایک ترکیب سوجھ گئی۔ اور اس ترکیب کے ذہن میں آتے ہی وہ اچھل پڑا۔ ایسی لاجواب، نادر ترکیب آج تک کسی مرد کے ذہن میں نہ آئی ہوگی۔ کئی دن تک وہ اس تجویز کے حسن و قبح پر غور کرتا رہا، خاکے اور نقشے بناتا رہا۔ آخر مصمم ارادہ کرکے اِدھر اُدھر تلاش کرنے کے بعد ایک فیکٹری کے منیجر کے پاس اپنے ایک دوست کا سفارشی خط

لے کر پہنچا۔

مینجر نے اپنے دوست کا سفارشی خط پڑھا، اپنی کہنیاں میز پر ٹکا کر بڑی خندہ پیشانی سے اس سے مخاطب ہوا۔

"فرمایئے میں آپ کی کیا خدمت کر سکتا ہوں۔"

"مجھے ایک عورت چاہیئے۔"

مینجر حیرت زدہ رہ گیا، بولا: "مگر..... ہماری فرم کا تو کوئی میرج بیورو نہیں ہے، ہم تو محض گڑیاں بناتے ہیں۔"

"مجھے بھی ایک گڑیا چاہیئے۔" حسن نے بالکل سنجیدگی سے کہا "ربڑ کی عورت۔"

"ربڑ کی عورت؟"

مینجر کا منہ کھلے کا کھلا رہ گیا۔ چند منٹ تک وہ خاموشی سے حسن کو گھورتا رہا۔ آخر بولا: "یہ آپ کیا کہہ رہے ہیں؟ میں مطلق نہیں سمجھا۔"

حسن نے کہا: "مجھے چند منٹ دیجئے، میں آپ کو سمجھاتا ہوں کہ مجھے کس طرح کی ربڑ کی عورت چاہیئے۔"

اتنا کہہ کر حسن نے جیب سے کچھ خاکے اور نقشے نکالے اور انہیں میز پر بچھا کر مینجر کو سمجھانے لگا۔

چھ ماہ کی محنتِ شاقہ، قطع و برید اور مختلف تجربوں کے بعد ربڑ کی عورت تیار ہوئی بالکل ویسی جیسی حسن چاہتا تھا۔ یہ عورت بول نہیں سکتی تھی، چل نہیں سکتی تھی، سوچ نہیں سکتی تھی مگر تا پا پوری عورت تھی۔ ہر عضو سانچے میں ڈھلا ہوا، عورت کے نادر حسن نازکی اور جمال کا مکمل ترین نمونہ، قد پانچ فٹ چار انچ۔ بیس ہزار روپے میں بن کر تیار ہوئی تھی۔ اندر کا

ڈھانچہ بید کی لکڑی کا تھا مگر اوپر کی فٹنگ فوم ربڑ سے کی گئی تھی۔ بانہوں ٹانگوں اور گردن کے جوڑ میں سٹین لیس سٹیل کے اسپرنگ لگائے گئے تھے۔ جلد ہلکے گلابی رنگ کے ربڑ کی تھی۔ کالے بالوں کی وگ کمر سے نیچے تک آئی تھی۔ حسن نے جب اس تیار شدہ ربڑ کی عورت کو نئے فیشن کی ملبوس کمپنی میں کھڑی مینجر کے کمرے میں دیکھا تو جی جان سے اس پر عاشق ہو گیا، کیونکہ کمر کولہے اور سینے کا تناسب وہی تھا جو مس یونیورس کے مقابلے میں اسٹینڈرڈ مانا جاتا ہے۔ اس ربڑ کی عورت کی جلد کسی بھی خوبصورت سے خوبصورت عورت کی جلد کی طرح نرم اور بیداغ تھی۔ نرم اور ملائم چکنی اور صاف، نکھری نکھری گلابی رنگت آنکھیں بڑی بڑی اور روشن، کمر پتلی، سینہ اُبھرا ہوا، گردن لانبی۔ دائیں گال پر ایک چھوٹا سا تل۔ ہر طرح نک سک سے درست اس ربڑ کی عورت میں وہ سب کچھ موجود تھا جو مختلف جگہوں پر، مختلف عورتوں میں کہیں کہیں ملتا ہے۔ مگر ایک جگہ کسی عورت میں نہیں ملتا۔ اسپرنگ اتنے اچھے اور بے آواز لگے ہوئے تھے کہ ذرا سی جنبش سے گردن کا زاویہ بدلا جا سکتا تھا، اور گردن کا زاویہ بدل جانے سے آنکھوں کا زاویہ بھی بدل جاتا تھا۔ یہ عورت ڈرائنگ روم کے صوفے پر بیٹھ سکتی تھی، کروٹ بدل سکتی تھی۔ کھڑی رہ سکتی تھی۔ جس پوز میں چاہئے اس کے ہاتھوں کے زاویے آپ بدل سکتے تھے حسن نے بڑی احتیاط سے اسے پرکھا، جانچا اور ہر طرح سے اسے مکمل پایا۔ بیس ہزار روپے ضرور خرچ ہوتے تھے مگر گوشت پوست کی ایسی عورت دس لاکھ روپے میں بھی نہیں مل سکتی تھی، حسن بے حد خوش ہوا، فوراً ایک ڈبے میں رکھوا کر بحفاظت گھر لے گیا۔

اپنی سوچی ہوئی اسکیم کے تحت اس نے سب نوکروں کو چھٹی دے دی تھی اور ان چھ مہینوں میں اس نے کھانا پکانا سیکھ لیا تھا اور اپنے گھر کے ضروری کام کاج میں بھی شُد بُد حاصل کر لی تھی۔ اس چھ ماہ کے عرصے میں وہ اس ربڑ کی عورت کے لئے انواع و اقسام کے

کپڑے خریدتا رہا اور درزی سے سلواتا رہا تھا۔ عمدہ ساڑھیاں اور ان کے تمام وہ رنگ جو اس کے پسندیدہ تھے، کامدانی کے غرارے اور کرتے ہوئے کرتے اور جھل جھل کرتے ہوئے نظر کو خیرہ کرنے والے دوپٹے اور جینز اور فراکس اور سینڈل اور سب سامان آرائش جو ایک عورت کے لئے بے حد ضروری ہوتا ہے۔

باہر کی کھڑکیاں اور دروازے بند کر کے اس نے ائرکنڈیشنر کھولا۔ ڈبے میں پیک کی ہوئی ربڑ کی عورت کو نکالا۔ اُسے کرتا غرارہ پہنایا۔ اس کے کانوں میں کرن پھول سجائے گلے میں گلوبند، ہاتھوں میں کنگن سجا کر اور بال کھلے رکھ کر اس نے اسے ایک صوفے پر بٹھا دیا۔ دیر تک اس عورت کے عقب میں ایستادہ لیمپ اسٹینڈ کے زاویے درست کرتا رہا اور شیڈ گھما گھما کر دیکھتا رہا کہ کس رُخ سے روشنی اس پر ٹھیک پڑتی ہے۔ سب ٹھیک ٹھاک کر کے اس نے ربڑ کی عورت کے قریب ایک تپائی پر پاندان کھول کر رکھ دیا، گویا کسی اعلیٰ خاندان کی نہایت ہی سگھڑ اور با سلیقہ خوبصورت لڑکی اس کے لئے پان بنانے میں مصروف ہے۔

وہ غالیچے میں اس عورت کے قدموں میں بیٹھ گیا، کہنے لگا "....یوں بہت خوبصورت لگتی ہو، بہت حسین، یوں پاندان پر جھکی ہوئی، گلوری بناتی ہوئی..... اب اپنے نازک ہاتھوں سے ایک گلوری بھی عنایت کر دو۔"

اتنا کہہ کر حسن نے پاندان میں سے خود ہی ایک پان بنا لیا اور اسے کھا کر بولا "سبحان اللہ! کیا ملائم گلوری تھی۔" پھر اُس نے ربڑ کی عورت کی لانبی مخروطی انگلیاں چوم لیں، بولا "گلوری کے فن کی نزاکت کوئی تم سے سیکھے۔ ایک اور عنایت ہو۔"

دوسری گلوری کھا کر حسن بولا "میں نے تمہارا نام زہرہ تجویز کیا ہے کیونکہ سچ مچ حسن و خوبی میں زہرہ سے مشابہ ہو۔ تمہاری نگاہ میں ایشیائی شرم ہے، جسم میں رودان کے مجسموں

کی روانی ہے، حسن میں بیینی معتور گویا کی نسائی مصوری کا لوچ ہے اس لئے میں تمہارا نام زہرہ رکھتا ہوں۔ ٹھیک ہے نا؟

حسن نے مسکرا کر ربڑ کی عورت کی طرف دیکھا، پھر کہنے لگا: "شاباش! مجھے معلوم تھا تمہیں یہ نام پسند آجائے گا۔ تم بہت سمجھ دار عورت معلوم ہوتی ہو۔ میں تمہارا قائل ہوتا جارہا ہوں۔"

حسن نے دوسری بار اس کی انگلیوں کو چوما اور بولا: "اپنا بیڈروم دیکھو گی؟"

جب ربڑ کی عورت نے کوئی جواب نہ دیا تو حسن بولا۔

"گڈ۔۔۔ ویری گڈ۔۔۔" حسن مسکرانے لگا: "تم بول نہیں سکتیں، یہی تمہاری سب سے بڑی خوبی ہے۔ اس وقت اگر میری ان تین بیویوں میں کوئی بھی ہوتی تو اسی نام کے مسئلے کو لے کر ایک لمبی بحث چھڑ جاتی اور ممکن ہے مار پٹائی تک نوبت آجاتی: ایک آدھ گل دان ٹوٹتا، سات دن تک گھر میں تناتنی رہتی۔ مگر زہرہ تم تو بے حد عمدہ سلجھی ہوئی عورت ہو۔ تمہیں یقیناً یہ نام پسند ہے۔ ہوئے ہوئے تمہیں یہ گھر بھی پسند آجائے گا۔ میں تمہیں یہاں کسی قسم کی تکلیف نہیں ہونے دوں گا۔ ایک عورت کو جو کچھ چاہیئے وہ سب اس گھر میں موجود ہے۔ تم چاہتی کیا ہو؟ کپڑے؟ میں نے تمہارا وارڈروب کپڑوں سے بھر دیا ہے۔ نت نئے ڈیزائن اور فیشن کے کپڑے، جو تم اب میری مرضی کے مطابق پہن سکو گی۔ سنگار میز پر چلو، تمہیں دکھاؤں تمہارے میک اُپ کے لئے میں نے کہاں کہاں سے سامان فراہم کیا ہے۔"

حسن نے زہرہ کو اُٹھا کر کھڑا کر دیا۔ پھر اس کی کمر میں ہاتھ ڈال کر اسے بیڈروم کے اندر لے گیا، اسے سنگار میز کے سامنے تپائی پر بٹھا دیا۔

اب وہ سنگار میز کے سامنے بیٹھی تھی۔ اس کے بال کمر تک لٹک رہے تھے اور ایک ہاتھ میں اس نے اسے کنگھی دے کر اس کے ہاتھ کو اتنا اونچا کر دیا جیسے وہ ربڑ کی عورت اپنے بالوں

میں کنگھی کر رہی ہو۔ وہ اسے سنگھار میز کے قریب بٹھا کر خود واپس ڈرائنگ روم میں چلا گیا اور وہاں سے بیڈ روم کی مدھم مدھم روشنیوں کے ہالے میں بیٹھی ہوئی اس عورت کو دیکھنے لگا جو اپنے بالوں میں کنگھی کرنے میں مصروف تھی وہ اس کا سندر سجیلا مکھڑا سنگھار میز کے تینوں آئینوں میں دیکھ رہا تھا۔ کہ بڑی بڑی روشن آنکھیں تھیں!

اب وہ کھانے کی میز پر آمنے سامنے بیٹھے تھے۔ ربڑ کی عورت کے ایک ہاتھ میں کانٹا تھا دوسرے میں چھری اور وہ پلیٹ پر تھوڑی سی جھکی ہوئی اس کی طرف دیکھ رہی تھی۔

اس کے سامنے حسن بیٹھا اپنی پلیٹ میں کھانا کھا رہا تھا اور اس سے کہہ رہا تھا: "تم سوال کرو گی شادی سے بچنے کے لئے میں کوئی داشتہ بھی رکھ سکتا تھا، تم پر اس قدر روپیہ خرچ کرنے کی کیا ضرورت تھی؟ تمہارا سوال بالکل فطری ہے، مگر میں داشتائیں رکھ کے دیکھ چکا ہوں، وہ بیوی سے دگنی مہنگی ہوتی ہیں، بیوی سے زیادہ جھگڑالو ہوتی ہیں۔ پھر ایسی داشتا رکھنے سے کیا فائدہ؟ کیوں ٹھیک کہتا ہوں نہ میری جان؟ شاباش! کتنی جلدی معاملے کی تہہ تک پہنچ جاتی ہو۔ تمہاری خاموش ذہانت کا اندازہ کرکے مجھے بڑی حیرت ہوتی ہے۔ تم یقیناً کسی اعلیٰ ڈگری یافتہ عورت سے زیادہ عقل مند ہو۔ تمہاری میری خوب نبھے گی۔ یہ چوتھی شادی ہم دونوں کو یقیناً راس آئے گی۔

وہ بہت خوش تھا اور مگن۔ دفتر میں اب اس کا موڈ بہت ٹھیک رہتا۔ اپنے کام میں بھی اب وہ زیادہ مستعدی اور چستی دکھانے لگا تھا۔ ادھر اس فہم و فراست نے فرم کے کئی بگڑے کام بنا دئے۔ فرم نے خوش ہو کر اس کی تنخواہ میں مزید اضافہ کر دیا۔ گھر پر بھی وہ بہت خوش رہتا۔ ربڑ کی عورت اس کے پسند کے کپڑے پہنتی تھی۔ اس کی پسند کا کھانا کھاتی تھی۔ جب وہ دفتر سے گھر آتا تو ڈرائنگ روم میں اسے صوفے پر کوئی کتاب پڑھتے ہوئے ملتی یا چھالیا کترتی ہوئی یا اس کے لئے سویٹر بنتی ہوئی۔ جس پوز میں وہ اسے چھوڑ جاتا اسی پوز میں وہ اسے واپسی پر ملتی مسکراتے

ہوئے۔ اس کا انتظار کرتے ہوئے خاموشی سے اس کی راہ تکتے ہوئے۔ کون عورت ایسا کرتی ہے؟

وہ ربڑ کی عورت پاکر بہت خوش ہوا تھا۔ اس کے گھر کا سونا پن مٹ گیا تھا۔ تمام گھریلو جھگڑے اور غرشے بھی ختم ہو گئے تھے۔ ربڑ کی عورت ہر حالت میں دوسری عورتوں سے بہتر تھی۔ ایک تو ایسی عورت کا رنگ روپ نہیں بگڑتا، جسم کے اعضا کا تناسب نہیں بدلتا، دوسری عورتوں کی طرح وہ کبھی یک لخت موٹی نہیں ہو جاتی۔ کبھی دُبلی نہیں ہوتی۔ کبھی بیمار نہیں پڑتی۔ کبھی کھانا نہیں کھاتی۔ زیور نہیں مانگتی۔ میکے جانے کے لئے ضد نہیں کرتی۔ شاپنگ کے لئے پیسے نہیں مانگتی! جہاں بٹھا دو بیٹھی رہتی ہے، جہاں کھڑا کر دو کھڑی رہتی ہے۔ کبھی کسی بات پر جھگڑا نہیں کرتی ہے اور سب سے اچھی بات تو یہ ہے کہ بول ہی نہیں سکتی۔ سو خوبیوں کی ایک خوبی تو یہی ہے۔

حسن کا دل اس ربڑ کی عورت سے لگ گیا۔ دھیرے دھیرے وہ اس سے بیحد مانوس ہوتا گیا اب تو وہ گھنٹوں اس سے باتیں کرتا تھا۔ کچھ اپنی طرف سے کچھ اس کی طرف سے۔ خود ہی سوال کرتا خود ہی جواب دیتا۔ اور ہر معاملے میں اس کا اپنا ہی پلہ بھاری رہتا تھا۔ حسن ربڑ کی خاموش عورت کو بہت چاہنے لگا اور اسے نت نئے لباس پہناتا اور روز اسے ایک نام دیتا۔ کبھی مراٹھی، نوگزی ساڑھی پہناتا کبھی راجستھانی چڑیا؟ کبھی بیلی ڈریس کبھی عربی لباس؟ کبھی جاپانی کمونو تو کبھی ہوائین ہولا ہولا ڈریس؟ جینز پہنا کے اسے دیکھتا کبھی محض بکنی پہنا کر باتھ روم کے ٹب میں سے ڈال دیتا۔

وہ اس سے ہر موضوع پر گفتگو کرتا تھا۔ دھیرے دھیرے اس کی خود کلامی اس قدر بڑھ گئی کہ اب وہ گھنٹوں اس میں مصروف رہتا تھا۔ اب وہ خود ایک باتونی عورت کی طرح گفتگو کرنے لگا تھا مگر اسے اپنے اس نئے وصف کا احساس نہیں تھا، اور غالباً ہوگا بھی نہیں۔ کبھی کبھی اگر اس کا موڈ بُرا ہوتا تو وہ خود ربڑ کی عورت سے لڑ پڑتا۔ ایک رواں دواں ناک میں گنگناتے ہوئے لہجے میں شکایتوں کے دفتر کھول دیتا۔ وہ سب کچھ اس سے کہہ دیتا جو وہ آج تک اپنی پہلی

تین بیویوں سے نہیں کہہ سکا تھا۔ زہرہ مسکرا کر اس کی طرف دیکھتی رہتی اور پلٹ کر جواب نہ دیتی اور رہتے ہوئے حسن کے دل کا غبار چھٹ جاتا اور بول بول کر وہ خود ہی چپ ہو جاتا۔ پھر خود ہی ایک طرفہ شکایت پر شرمندہ ہو کر ربڑ کی عورت کو گلے سے لگا کر اس سے معذرت چاہنے لگتا۔ دھیرے دھیرے وہ اس سے اس قدر مانوس ہو گیا کہ ربڑ کی عورت کو وہ اپنے مطالعے کے کمرے میں بھی لے جانے لگا۔ جہاں آج تک اس نے اپنی پہلی تین بیویوں میں سے کسی کو آنے کی اجازت نہ دی تھی۔ یہ اس کا خاص کمرہ تھا جہاں وہ کھانا کھا کے رات کو سونے سے چند گھنٹے پیشتر اپنے دفتر کی ضروری فائلیں دیکھا کرتا تھا۔

اب تو زہرہ اس کے ساتھ اس کمرے میں بھی جاتی تھی۔ وہ اسے اپنے قریب ایک کرسی پر بٹھا دیتا اور اس کا ایک ہاتھ اپنے کندھے پر رکھ لیتا اور پھر خود نہایت اطمینان سے دفتر کی فائلیں دیکھنے میں مصروف ہو جاتا۔ اسے احساس ہوتا کہ اس کی بیوی کا ہاتھ کندھے پر ہے وہ خاموشی سے اس کے قریب بیٹھی ہے اور وہ اس کے جسم کی خاموش قربت میں اپنے دفتر کا کام بہتر طریقے سے کر سکتا ہے۔ اب وہ زہرہ کو اپنی چوتھی بیوی سمجھنے لگا اور خوشی اور مسرت، اطمینان اور سکون کا ایک رچا ہوا احساس اس کے چہرے سے جھلکنے لگا۔

اچانک اس کی فرم نے اسے ایک ہفتے کے لئے پیرس بھیجنے کا فیصلہ کر لیا ایک فرینچ فرم سے چند پیٹنٹ خریدنے کی بات چیت ایک عرصے سے چل رہی تھی اور اب وہ بات چیت ایک نازک مرحلے پر پہنچ گئی تھی۔ اسے اس نازک موڑ سے نکال کے کامیابی سے اختتام تک پہنچانے کے لئے فرم نے حسن کی ذہانت اور فراست پر بھروسہ کیا تھا۔

دو دن کے بعد حسن کو پیرس روانہ ہونا تھا۔

پیرس جانے کے خیال سے حسن بہت خوش تھا۔ جب دہ سوچتا کہ وہ زہرہ کو ایک ہفتے

کے لیے پیچھے چھوڑے جا رہا ہے تو اسے تھوڑا سا ملال بھی ہوتا، مگر پھر پیرس کی گلیوں کے مناظر، اس کے کھلے ریستورانوں کی زندگی، اس کے نشاط گھروں کی کیف و مستی کا عالم اس کی نگاہوں میں گھومنے لگتا تو ملال کا یہ احساس چند لمحوں کے لئے مٹ جاتا، اور پیرس کی دل کش رنگینیاں قوس و قزح کی طرح اس کے دل و دماغ پر چھا جائیں۔ ایک ہفتے کے لئے وہ بھی کھل کھیلے گا۔ جی بھر کے دادِ نشاط دے گا۔ ٹھیک ہے گھر میں ربڑ کی عورت ہے۔ گھر کے سونے پن کو دور کرنے کے لئے۔ مگر یہاں بھی اپنے جنسی جذبے کی تسکین کے لئے اسے عارضی دوستیاں تو کرنی پڑتی ہیں، اِدھر اُدھر جانا بھی پڑتا ہے۔ ہوس کی آگ کو بجھانے کے لئے، اس لئے پیرس وہ اکیلا ہی جائے گا۔ زہرہ کو ساتھ نہیں لے جائے گا۔

"سات دن کی تو بات ہے!" رات کو اس نے ربڑ کی عورت سے کہا، سات دن کے بعد میں پیرس سے لوٹ آؤں گا۔ میرا جی خود وہاں نہیں لگے گا۔ تمہارے بغیر مگر کیا کروں؟ فرم کا معاملہ ہے، جانا ہی پڑے گا۔

"ہر دم تمہاری یاد آتے گی۔ اور ایک ایک لمحے تم کو یاد کروں گا میری جان! اور تمہارے بغیر پیرس مجھے ایسا لگے گا جیسے مسولی پٹم یا گورداس پور یا بھیکم پور یا ایسا ہی کوئی مضحکہ خیز شہر...... مگر مجبوری ہے۔ پریشان نہ ہونا، میں سات دن کے بعد لوٹ آؤں گا تمہارے پاس، اپنی زہرہ کے پاس۔ پیرس میں کیا رکھا ہے میرے لئے؟ ساتوں دن سنجیدہ گفت گو کا سلسلہ چلتا رہے گا۔ ایسی مصروفیت رہے گی کہ کہیں جانے کی فرصت تک نہ مل سکے گی۔ تم بس یہ سمجھ لو کہ جیسے دفتر جاتا ہوں اور وہاں سے لوٹ آتا ہوں۔ ویسے ہی پیرس جاؤں گا اور وہاں سے لوٹ آؤں گا۔

"مجھ پر بھروسہ رکھو ڈارلنگ۔ میں ایک وفادار خاوند ہوں۔ میں اپنی زہرہ کو کبھی دھوکہ نہیں دے سکتا!"

ربڑ کی عورت اس کے ساتھ کے پلنگ پر اس کی طرف کروٹ لے کر لیٹی ہوئی تھی۔ اس کے ہونٹ گو مسکرا رہے تھے مگر حسن کو ایسا لگا جیسے اس کی بڑی بڑی سیاہ آنکھوں میں اُداسی کی ایک خفیف سی جھلک آچلی ہے۔

وہ کروٹ بدل کے سو گیا اور پیرس کے خوابوں میں کھو گیا:

فالیز برژرے، عریاں اور نیم عریاں ناچتی ہوئی رقاصائیں، رائین کے کنارے کلب نمبر ۷ کے ہنگامے اور آدھی رات کے بعد بید مجنوں کی روتی ہوئی ڈالیوں تلے چھپی۔ ڈولتی ہوئی کشتیوں میں اوس سے بھیگے ہوئے پیار کے پیکر......

دو گھنٹے کے بعد جہاز جانے والا تھا۔ کم سے کم پینتالیس منٹ پہلے اسے ہوائی اُڈے پر پہنچ جانا چاہیے۔ وہ دفتر سے سیدھا گھر آیا۔ سامان اس نے پہلے سے باندھ کر رکھ دیا تھا۔ جلدی جلدی اس نے گھر کے سب کواڑ اور کھڑکیاں بند کیں۔ سب کمروں کے پردے گرا دیئے۔ بجلی کے سوئچ آف کر دیئے، پانی کے نل بند کر دیئے، تجوری کو چابی لگائی، الماری اور وارڈروب کو اچھی طرح سے بند کیا، دو روشن دان غلطی سے کھلے رہ گئے تھے انہیں بھی بند کیا۔ ان سب کاموں سے فارغ ہو کر حسن ربڑ کی عورت کے پاس آیا جو ڈرائنگ روم کے ایک صوفے پر بیٹھی گویا حسرت ناک نگاہوں سے حسن کی طرف دیکھ رہی تھی۔

آج حسن نے اسے بنگالی اسٹائل کی ایک ساڑھی پہنائی تھی۔ ماتھے پر بندیا لگائی تھی، پاؤں میں آلتا، اور چاندی کے کمر زیب سے چابیوں کا ایک گچھا جھول رہا تھا۔ ربڑ کی وہ عورت شکل و صورت سے بالکل ایک بنگالن گرہستن معلوم ہوتی تھی بال کمر تک کھلے، بالوں میں پھول، ہاتھوں میں دینا۔ آج اس کا نام آشا تھا۔

ڈرائنگ روم کی سب کھڑکیاں بند کر کے حسن نے ربڑ کی عورت سے کہا:

"آشا، چلو اپنے بیڈروم میں، سات دن تم وہیں رہوگی۔ میں بیڈروم کو باہر سے تالا لگا کے جاؤں گا۔ بالکل محفوظ رہو گی۔ دن کو گورکھا پہرہ دے گا، رات کو چوکیدار۔ کسی طرح کا خطرہ نہیں ہے میری جان۔"

وہ ربڑ کی عورت کو اٹھا کے بیڈروم میں لے گیا۔ اسے پلنگ پر لٹا دیا۔ پھر اسے لٹا کر اپنے کمرے میں گیا۔ بندھے ہوئے سامان کو باہر ڈرائنگ روم میں لایا سامان کا اچھی طرح سے جائزہ لیا۔ پھر ڈرائنگ روم سے بیڈروم کی طرف دیکھا جہاں پر اس نے ربڑ کی عورت کو ایک پلنگ پر لٹا دیا تھا۔

پھر اس نے جلدی سے اپنے ضروری کاغذات دیکھے۔ دوبارہ دیکھے پاسپورٹ ہوائی جہاز کا ٹکٹ، اس کے ایک دوست کا پتا جو گذشتہ آٹھ برس سے پیرس میں مقیم تھا اور پیرس کی نشاط نگاہوں کا ماہر تھا۔ حسن کے چہرے پر ایک رازدارانہ تبسم آیا۔ اس نے اپنے چہرے پر کوشش کر کے سنجیدگی اور کسی قدر اُداسی کے تاثرات پیدا کئے اور بیڈروم میں آخری بار الوداع کہنے کے لئے گیا۔

ربڑ کی عورت کا بت پلنگ پر خاموش، چُپ چاپ لیٹا تھا۔ سر کے اوپر ذرا سا گھونگھٹ بڑھ آیا تھا۔ گھونگھٹ میں سُرخ بندیا چمک رہی تھی اور سیندور بھری مانگ نیم وا آنکھوں کی لانبی پلکیں گلابی رخساروں پر کانپ رہی تھیں۔ حسن کو ایسا لگا جیسے اس کا پورا چہرہ حسرت دیاس میں ڈوبا ہوا ہے۔ اس نے بڑے پیار سے ربڑ کی عورت کا رخسار تھپتھپا کے کہا۔

"پگلی روتی کیوں ہے؟ سات دن میں واپس آ جاؤں گا۔ سات دن ہوتے ہی کتنے ہیں! اس پلنگ پر لیٹے لیٹے تمہیں ایسے لگے گا۔ جیسے ایک نیند لے لی۔ ایں؟ ٹھیک! اچھا۔ گڈبائی!"

حسن ہاتھ ہلا کے ڈرائنگ روم کی طرف جانے لگا کہ یکایک اسے محسوس ہوا جیسے کسی نے اس کا ہاتھ پکڑ لیا۔ حیرت زدہ ہو کے وہ پیچھے گھوما تو اس نے دیکھا کہ ربڑ کی عورت اُٹھ کر پلنگ پر

بیٹھ گئی، اس نے بڑی مضبوطی سے حسن کا دامن پکڑ رکھا ہے، وہ بڑے کڑوے لہجے میں اس سے کہہ رہی ہے۔

"کیوں جی! کیا اسی واسطے مجھے گھر لائے تھے کہ مجھے اکیلا چھوڑ کر پیرس جاؤ اور وہاں سے کسی مردار، ماٹی ملی فرنچ میم کو لے کر آؤ، نا، نا! ایسے نہ جانے دیا میں نے! میں ربڑ کی ہوں تو کیا ہوا؟ آخر عورت تو ہوں! ایسی کچی گولیاں میں نہیں کھیلی ہوں۔ صاف صاف کہے دیتی ہوں، جہاں تم جاؤ گے وہاں میں بھی جاؤں گی تمہارے سنگ، تمہارے ساتھ ساتھ جاؤں گی، ورنہ تم کو بھی نہیں جانے دوں گی۔ کان کھول کے سن لو ابھی سے، ہاں!"

پیاسا

نواب بڑا اتر یلا اور زنخاں سا لونڈا تھا۔ زرینہ کو اس لئے پسند تھا کہ وہ زرینہ کے ہاتھوں سے پٹ کر اور رو دھو کر صبر کر لیتا تھا۔ دوسرے نوکروں کی طرح بوریہ بستر باندھ کر رخصت نہیں ہو جاتا تھا۔

اس کے گندمی رنگ چہرے پر چیچک کے داغ تھے اور وہ بہت دُبلا تھا اور بہت کھاتا تھا اور سمجھ میں نہیں آتا تھا کہ جو وہ کھاتا ہے وہ کہاں جاتا ہے۔ اس کی آواز میں ایک ہلکی سی تتلاہٹ تھی۔ جب وہ کھڑا ہوتا تھا تو کبھی سیدھا کھڑا نہیں ہو سکتا تھا۔ کسی دیوار یا کسی دروازہ سے لگ کر نیم دراز حالت میں یوں کھڑا ہوتا تھا کہ پاؤں فرش پر گھسٹ رہے ہیں سر بائیں طرف کو لٹکا ہوا ہے تو کولہا دائیں طرف کو نکلا ہوا ہے ایک ہاتھ ماتھے پر

ہے تو دوسرے سے پیٹھ کھجا رہے ہیں ۔ نواب کو عورتوں کی طرح ہاتھ ہلا ہلا کر باتیں کرنے کا شوق تھا۔ انہی کی طرح وہ فقروں کو چبا کے چپٹا کر کے یا ربڑ کی طرح کھینچ کھینچ کے بولتا تھا۔ مگر باہر کے کام میں بہت ہوشیار تھا۔ اس لئے اپنی تمام مضحکہ خیز اداؤں اور غمزوں کے باوجود قابلِ برداشت تھا۔ گھر کا باورچی تین دن سے غائب تھا اور نواب کو کچن میں کام کرنا پڑ رہا تھا۔ حالاں کہ نواب سے صرف اوپر کے کام کے لئے رکھا گیا تھا۔ زرینہ لڑکیوں کے کالج میں پڑھانے جاتی تھی، میں اپنے دفتر جاتا تھا اس لئے اگر نواب کھانا نہ پکائے تو کون پکائے اور اس سے مشکل مسئلہ یہ تھا کہ باورچی کون ڈھونڈے اور کب! یہاں کسی کو فرصت ہی میسر نہ تھی۔

نواب کو جب تین دن کچن میں بیگن بگھارنا پڑے اور لہسن کی چٹنی پیس کر کھڑے مصالحے کا قورمہ تیار کرنا پڑا تو اس کی ساری تتلاہٹ اور نسائیت ختم ہوگئی ۔ مردوں کی طرح بڑے کرخت اور جھنجھلائے ہوئے لہجہ میں بول پڑا ۔ صاحب ہم سے نہیں ہوتا ہم کو ایک دن کی چھٹی دو ہم آپ کے لئے ایک باورچی ڈھونڈ کے لائے گا۔

" کوئی باورچی ہے تمہاری نظر میں؟ زرینہ نے اس کی جھنجھلاہٹ پر مسکرا کے پوچھا۔

کچن سے باہر آکر نواب کو جو ٹھنڈی ٹھنڈی ہوا کے جھونکے لگے تو اس کے مزاج کی نسائیت پھر ابھرنے لگی ۔ اس پر اُسے گھر کی مالکن کی مسکراہٹ جو ملی تو اور بھی پھیل گئے ۔ آپ نے ایک کندھا اوپر اچکایا دُوسرا نیچے کیا ۔ بائیں کولہے کو اندر کی طرف جھکایا دائیں والے کو ذرا سا باہر نکلا اور اپنے دونوں ہاتھ بڑی ادا سے ملتے ہوئے بولے ۔

"اب لائیں گے کہیں نہ کہیں سے آپ کے لئے باورچی ۔" نواب نے اپنے دیدے گھماتے ہوئے باورچی کے مسئلہ کو ایک پُراسرار سیاسی راز کی طرح ہمارے سامنے کچھ اس طرح پیش کیا کہ جی جل کے کباب ہوگیا۔ جی پیاہا سالے کو دوں دو جھانپڑ اور اس کی ساری اتراہٹ

نکال دوں۔ مگر ضرورت باورچی کی تھی اور باورچی ڈھونڈنے کی فرصت مجھے تھی نہ زرینہ کو۔ اس لئے نواب کو ایک دن کی چھٹی دینا پڑی۔

ایک دن کے بعد اتوار تھا میں اپنے کمرہ میں بیزار بیٹھا ہوا ملگجی صبح کی نیلی نیلی روشنی میں اپنا سر خود ہی ہولے ہولے دبا رہا تھا۔ کبھی کبھی مجھے اپنا سر ٹوتھ پیسٹ کی ٹیوب کی طرح معلوم ہوتا تھا جب تک دباؤ نہیں کچھ نکلتا نہیں!

اتنے میں کیا دیکھتا ہوں کہ نواب دونوں ہاتھوں سے دروازہ کی پٹی کو تھامے گردن ایک طرف کو لٹکائے نیم باز آنکھوں سے مجھے دیکھ رہے ہیں۔

"ہیں۔ ہیں!..... وہ ہنسکر بولے۔" ہم باورچی لے آئے۔"

"کدھر ہے! میں نے ڈپٹ کر پوچھا۔

نواب خائف ہوکر ذرا سے سیدھے ہوئے۔ اپنے دونوں بازو دروازہ کی پٹی سے اتار کر اپنی کمر پر رکھ لئے پھر ذرا پیچھے ہٹ کر کسی اور کو راستہ دے کر بولے۔

"اندر چلے آؤ۔"

کالا، دُبلا پتلا کرنجی آنکھوں والا ایک آدمی اندر آیا عمر کوئی پینتیس برس کی ہوگی— چھوٹے چھوٹے کالے ہونٹ، چھوٹی چھوٹی کرنجی آنکھیں، تنگ ماتھا بال اُلجھے ہوئے گال اندر دھنسے ہوئے دانتوں کی ریخوں میں پان کا بھورا میل نمایاں۔ شیو کے باوجود ٹھوڑی پر کہیں کہیں بال رہ گئے تھے۔ عجب کراہیت سی محسوس ہوئی۔

"تم باورچی ہو؟" میں نے اس سے پوچھا۔

"جی۔"

"کیا نام ہے تمہارا؟"

"ادم پرکاش۔"

میں نے اُسے سر سے پیر تک دیکھا پھر نواب سے کہا: "اُسے بیگم صاحب کے پاس لے جاؤ وہ دیکھ لیں اور چاہیں تو رکھ لیں۔"

دوپہر کے کھانے میں شاہجہانی قورمہ تھا۔ اور شملہ مرچ میں بھرا ہوا قیمہ تھا اور دم کئے آلو تھے۔ مٹر پلاؤ اور رائتہ اور دو طرح کا میٹھا۔ شاہی ٹکڑے اور دودھی حلوا ہر چیز عمدہ اور نفیس تھی صحیح ذائقہ والی۔

میں نے خوش ہو کر کہا: "ادم پرکاش کھانا تو تم ٹھیک پکا لیتے ہو۔"

"ادم پرکاش۔" زرینہ میری طرف حیرت سے دیکھ کر بولیں: "مگر اس کا نام تو اشتیاق ہے؟"

میں نے باورچی کی طرف دیکھا جو ایک کونے میں اپنے دونوں ہاتھ اپنی ناف پر رکھے کھڑا تھا اور مجھے دیکھنے کی بجائے زمین کو دیکھ رہا تھا۔

"کیوں بے۔ تم نے مجھے اپنا نام غلط کیوں بتایا؟" میں نے باورچی سے پوچھا۔

بولا: "صاحب جب میں آپ کے کمرہ میں آیا اور آپ کو دیکھا تو ایسا لگا کہ شاید آپ ہندو ہیں تو میں نے آپ کو اپنا نام ادم پرکاش بتایا۔ پھر میں بیگم صاحب کے کمرہ میں گیا تو مجھ کو ایسا لگا جیسے وہ مسلمان ہیں تو میں نے اُن کو اپنا نام اشتیاق بتا دیا۔"

"مگر بے وقوف۔ تم ایک کمرہ میں ادم پرکاش اور دوسرے کمرے میں اشتیاق کیسے ہو سکتے ہو؟"

"دلی میں ایسا کرنا پڑتا ہے صاحب۔ ایک گھر میں ادم پرکاش تو دوسرے گھر میں اشتیاق بتانا پڑتا ہے..... پیٹ روٹی مانگتا ہے صاحب!" اس نے کسی قدر شکایت کے لہجے میں کہا اور اس کے لہجہ سے یہ بھی معلوم ہوتا تھا جیسے اس کو شکایت اس امر کی نہیں ہے

کہ اسے اپنا نام غلط کیوں بتانا پڑا بلکہ اس بات کی ہے کہ پیٹ ردٹی کیوں مانگتا ہے ؟

گرمیوں کے دن تھے ۔ دوپہر میں جب حبس بڑھنے لگا تو میں گھبرا کر دوبارہ نہانے کیلئے باتھ روم میں گھسا۔ ٹونٹی گھما کر معلوم کیا کہ شاور خراب ہو چکا ہے۔ نواب کو آواز دی تو معلوم ہوا کہ وہ اپنے تلووں میں تیل چڑھا رہا ہے ۔ اشتیاق بھاگا بھاگا آیا۔ میں نے اُس سے کہا۔

"چوک میں جا کر منشی سنگھ پلمبر کو بلا لاؤ شاور خراب ہے ۔"

"میں ٹھیک کئے دیتا ہوں ۔" اشتیاق بولا ۔

"تم ؟"

وہ سر جھکا کر بڑی عاجزی سے بولا "جی میں پلمبنگ کا کام بھی جانتا ہوں ۔

پانچ منٹ میں اُس نے شاور ٹھیک کر دیا ۔

شام کو بجلی کا پیڈسٹل پنکھا جو صحن میں چلتا تھا خراب ہو گیا ۔ زرینہ نے نواب کو آواز دی تو معلوم ہوا کہ وہ ابھی دوپہر کی نیند سے فارغ نہیں ہوا ہے ۔ لہٰذا اشتیاق کو بلایا گیا کہ وہ چوک میں پنکھے والے کے پاس چلا جائے اور اپنے سامنے پنکھا درست کرا کے لائے۔ بہت گرمی ہے آج تو، رات بھر صحن میں پنکھا چلے گا ۔ اشتیاق نے گہرے تجسس سے پنکھے کا معائنہ کیا۔ معائنہ کرنے کے بعد اس نے اپنے دونوں بازو اپنی ناف پر رکھ لئے ۔ بولا "حضور میں یہ پنکھا ٹھیک کر سکتا ہوں ۔

"کیا تم پنکھے کا کام بھی جانتے ہو ؟" میں نے اُس سے پوچھا !

سر جھکا کر بولا "جی ! بجلی کا کام بھی جانتا ہوں پنکھا فٹ کر لیتا ہوں ابھی کر کے دکھاتا ہوں ۔"

ڈیڑھ گھنٹے میں پیڈسٹل فین فر فر چلنے لگا ۔ میں نے اشتیاق کو نئی نظروں سے دیکھا وہ

کچھ شرمایا کچھ مسکرایا آخر میں کچھ سکڑ کر کچھ سمٹ کر کچھ ڈبک کر کچن میں چلا گیا۔

رات کے کھانے میں رامپوری چکن تھا۔ چکن کاٹو تو اندر بریانی ملتی ہے۔ بریانی ہٹاؤ تو اندر چکن چاٹ نظر آتی ہے چکن چاٹ کھاؤ تو اندر انڈوں کا خاگینہ ملتا ہے بادام اور کشمش کے ساتھ۔ عجیب بھول بھلیاں قسم کی ڈش تھی مگر ستھری اور مزیدار۔ میں نے ایک روپیہ انعام دیا تو جھک کر سات بار کورنش بجالائے۔ بولے۔

"آپ نے دیا ہے انعام۔ یہ ہے بندے پر اکرام۔"

"ارے" میرے منہ سے نکلا۔

"جی ہاں" سر جھکا کر بولے "میں شاعر بھی ہوں میرا تخلص تنہائی ہے۔"

میری طبیعت شاعروں سے بہت الجھتی ہے۔ سنا ہے ہر وقت پان کھاتے رہتے ہیں اور شعر گنگناتے رہتے ہیں۔ پہلے جی چاہا آج ہی جواب دے دوں۔ پھر اگلے بیس روز میں معلوم ہوا کہ حضرت بیس بائیس قسم کے دوسرے پیشے بھی جانتے ہیں۔ کرسیاں بن لیتے ہیں مونڈھے ٹھیک کر لیتے ہیں لکڑی کا ٹوٹا پھوٹا سامان ٹھیک کر لیتے ہیں۔ کیونکہ بڑھئی کا کام بھی سیکھا ہے۔ سینما کے گیٹ کیپر بھی رہ چکے ہیں، گنڈیریاں بیچی ہیں پنواڑی کے ہاں کام کیا ہے ٹھیلہ کھینچا ہے۔ کھلونوں کی فیکٹری میں کام کیا ہے، حجام یہ رہ چکے ہیں۔ سلائی سے لے کر کپڑوں کی دھلائی تک کے سب مراحل کو بہ پیشہ ورحیثیت سے پرکھ چکے ہیں۔ بڑے عمدہ مالشیے ہیں۔ سرکی چمپی کے استاد ہیں۔ کن میلیے بھی ہیں۔ چاٹ بنانا جانتے ہیں اور سب سے بڑی بات یہ کہ انتہائی کم خوراک ہے۔ زرینہ کو ان کی یہ عادت بہت بھاگئی۔ کیونکہ وہ نواب کی اشتہا سے عاجز رہتی تھی۔ اس لئے اُس نے دھیرے دھیرے گھر کا سارا کام اشتیاق کو سونپ دیا۔

دو ماہ میں اشتیاق کا سکہ سارے گھر پر جم گیا۔ اس طرح بھاگ بھاگ کے کام کرتا تھا کہ نواب اور بھی کاہل اور ناکارہ ہوتا گیا اور میں نے دیکھا کہ اشتیاق بھی یہی کچھ چاہتا ہے۔ عمر میں نواب اشتیاق سے سترہ اٹھارہ برس چھوٹا ہوگا۔ مگر تھوڑے ہی عرصہ میں نواب اشتیاق سے ایسا سلوک کرنے لگا جیسے وہ مالک ہو اور اشتیاق اس کا غلام ہو۔ پہلے تو میں نے سمجھا کہ یہ سب جذبۂ احسان مندی میں ہو رہا ہے بعد میں خیال آیا ممکن ہے اشتیاق نواب پر عاشق ہو گیا ہو حالانکہ نواب پر عاشق ہونا بڑے دل گردے کا کام ہے۔ اس کے لئے ضروری ہے کہ عاشق کی آنکھوں کی بینائی بے حد کمزور ہو۔ حسِ سماعت تقریباً نہ ہو اور کوئی لطیف جذبہ دل میں نہ ہو۔ بعد میں معلوم ہوا کہ میرا یہ خیال بھی صحیح نہ تھا۔ اشتیاق نہ نواب کو اپنا محسن سمجھتا تھا نہ اس پر فریفتہ تھا۔ بس اُسے دوسروں کو کھلانے کا مرض تھا اور دوسروں کو کھلا پلا کے دل میں ایک عجیب سی خوشی محسوس کرتا تھا چونکہ وہ خود کم کھاتا تھا اس لئے وہ اپنے حصہ کی خوراک بھی نواب کو منتقل کر دیتا۔ ہمارے بعد اس کے لئے سالن کا بہترین حصہ مخصوص کر دیتا۔ پہلے اسے کھلاتا پھر خود کھاتا۔ ہوتے ہوتے نواب نے کام میں دلچسپی لینا بالکل ختم کر دیا۔ کسی بڑی بی کی طرح ایک کھٹیا پر پڑا کراہتا رہتا اور میں نے دیکھا کہ اشتیاق اُس کی فرضی بیماری کو بڑھا چڑھا کے بیان کرنے میں بڑا مزہ لیتا اور اُسے کھٹیا پر مستقل آرام کرنے کا مشورہ دیتا۔ اس کے لئے بازار سے دوا لاتا اور پھل سگریٹ بیڑی کے پیسے بھی خود دیتا۔ کبھی کبھی ایک آدھ بُش شرٹ اور پاجامہ یا پتلون بھی سلا دیتا۔ ہوتے ہوتے اشتیاق کی تنخواہ کا بیشتر حصہ نواب پر خرچ ہونے لگا اور نواب اپنی تنخواہ کی کُل رقم بچا کے اپنی ماں کو علی گڑھ بھیجنے لگا۔

زرینہ نے کئی بار اشتیاق کو سمجھایا۔ اسے اپنی تنخواہ جمع کرنے کے فائدے سمجھائے

مگر اشتیاق پر اُس کے سمجھانے بجھانے کا کوئی اثر نہ ہوا۔ مسکرا کر بولا۔

"بیگم صاحب۔ بچہ ہے کھا لیتا ہے تو کیا کرتا ہے۔"

"ارے تو اپنے لئے بھی تو کچھ کرے کمبخت۔" زرینہ چڑ کر اس سے کہتی۔" دوسروں کے لئے کیوں مرتا ہے۔"

"میرا آگے پیچھے کون ہے۔ بیگم صاحب۔" اشتیاق گردن جھکا کر جواب دیتا۔" بھائی نہیں بہن نہیں، ماں نہیں باپ نہیں۔ سب بھرت پور کے فسادوں میں مارے گئے۔ میرا سینہ ہر وقت خالی خالی سا رہتا ہے۔"

کچھ دنوں کے بعد نواب کی ماں کا خط علی گڑھ سے آیا اُس نے نواب کے لئے ایک لڑکی ٹھیک کر لی تھی، دو ماہ بعد شادی تھی۔ ماں اُسے واپس بلا رہی تھی۔ غفورا سائیکل والا جس کے ہاں دہلی آنے سے پہلے نواب کام کرتا تھا وہ اب پھر اُسے کام دینے کے لئے تیار تھا اس لئے نواب واپس — جانے کے لئے تیار ہو گیا ہم بھی اندر سے بہت خوش تھے کیونکہ نواب اب تو تقریباً مفت کی کھاتا تھا۔ ورنہ سارا کام تو اشتیاق نے سنبھال لیا تھا۔ زرینہ نے بھی طے کر لیا تھا کہ نواب کے جانے کے بعد دوپہر کے کام کے لئے کسی کو نہ رکھے گی۔ اشتیاق کی موجودگی میں کسی دوسرے نوکر کی ضرورت نہ تھی۔

زرینہ بولی۔" دیکھ نواب کی شادی ہو رہی ہے اب تو بھی شادی کر لے اشتیاق۔ میں تیری بیوی کو رکھ لوں گی مجھے ایک ملازمہ کی ضرورت ہے۔"

شادی کے نام پر میں نے دیکھا کہ اشتیاق کچھ چڑ سا گیا ہے۔ اُس کی بھنویں تن گئیں تنگ ماتھے پر بالوں کی لٹیں ڈولنے لگیں اور اس کے چھوٹے سے ہونٹ پھڑکنے لگے مگر وہ کچھ بولا نہیں۔ سر جھکا کر کھانے کے کمرہ سے باہر نکل گیا۔ اس کے جانے کے بعد نواب

کے چہرے پر ایک عجیب سی مسکراہٹ آئی۔ کھانے کی میز کے قریب آکر بڑی رازداری سے بولا۔
"ارے صاحب۔ یہ کیا شادی کرے گا اس کی بیوی تو شادی کے دوسرے دن ہی اِسے چھوڑ کر بھاگ گئی تھی۔"
"کیوں؟" زرینہ نے پوچھا۔
"معلوم نہیں بیگم صاحب"۔ نواب بولا۔ "یہ کچھ بتاتا تو ہے نہیں۔"
چند منٹ کے بعد جب ہم لوگ کھانا کھا کے صحن میں ہاتھ دھونے کے لئے تو دیکھا کہ اشتیاق کچن میں میلے برتن اور راکھ کا ڈھیر اپنے سامنے رکھے خلا میں گھور رہا ہے اور اس کی چھوٹی چھوٹی آنکھیں کسی نامعلوم جذبہ سے بھیگ کر تاراسی چمک رہی ہیں۔
مجھے پہلی بار اشتیاق میں دلچسپی پیدا ہوئی۔
آٹھ دس روز کے بعد نواب نے علی گڑھ واپس جانے کا پروگرام بنا لیا۔ اس کے جانے پر اشتیاق چپکے چپکے بہت رویا اس کی آنکھیں سرخ تھیں اور ہونٹوں کے کونے بے طرح پھڑکتے تھے مگر ——— زبان سے کچھ نہیں کہا۔ اُس نے نواب کے لئے سفری ناشتہ تیار کیا حالانکہ صرف ڈھائی گھنٹے کا سفر تھا مگر قیمے کے پراٹھے اور سرخ مرچوں کا اچار اور آلو کا بھرتہ اور میٹھی روٹی اور مکھن کی ایک گولی۔ وہ نواب کی بھوک سے واقف تھا۔ خود اپنے خرچ سے اُس نے نواب کا ناشتہ تیار کیا تھا اس لئے ہم شکایت بھی نہ کر سکتے تھے۔ وہ خود نواب کے لئے سکوٹر لے کر آیا اس کا سامان سکوٹر میں رکھا اور اُسے پرانی دلّی کے سٹیشن پر گاڑی میں سوار کرا کے واپس آیا۔
دو دن تک اس طرح مضطرب اور بے چین پھرتا رہا جیسے اُس کا گھر لٹ گیا ہو اور وہ کسی اجاڑ ویرانے میں گھوم رہا ہو۔ کھانے کا معیار ایک دم گر گیا تھا۔ قورمہ اس کے جذبہ

کی طرح تلخ تھا اور قیمہ اتنا پتلا جیسے کسی نے اس کی ساری اُمیدوں پر پانی پھیر دیا ہو۔ چپاتیاں بے ڈول اور بے ڈھنگی اور ان پر جگہ جگہ مایوسی کی راکھ لگی ہوئی۔ دو دن تک تو ہم نے کسی نہ کسی طرح صبر کر کے کھانا زہر مار کیا اور یہ سوچ لیا کہ اگر معاملہ یونہی چلتا رہا تو اشتیاق کو جواب دینا پڑے گا۔

مگر دو دن کے بعد اشتیاق سنبھل گیا۔ کہیں سے وہ ایک بلی کا بچہ اٹھالایا اور اب وہ بلی کا بچہ اشتیاق کی توجہ کا مرکز بن گیا گھر کا کام کرنے کے بعد وہ اپنا سارا وقت جو اس سے پہلے نواب کو دیتا تھا اب بلی کے بچہ پر صرف کرنے لگا۔ اور اپنی تنخواہ کا کافی حصہ بلی کے لئے دودھ اور گوشت پر خرچ کرنے لگا اور یوں دیکھا جائے تو بلی کا بچہ نواب سے کچھ کم نہیں کھاتا تھا۔ اس کے عشوے اور نخرے بھی نواب سے کم نہ تھے وہ اتنا ہی اتریلا تھا اور ویسی ہی ادائیں دکھاتا تھا۔ دو ہی دن میں اشتیاق سنبھل گیا اور کھانے کا معیار بھی ٹھیک ہوتے ہوتے پھر اپنی پہلی اور اصلی حالت پر آگیا اور ہم لوگوں نے چین کا سانس لیا۔

اشتیاق کسی کام کو ناں نہ کرتا تھا کیونکہ وہ اپنی دانست میں سب کچھ جانتا تھا۔ وہ کسی شیخی خورے کی عادت نہ تھی، اس قدر جس قدر یہ احساس کہ مجھے یہ کام بھی کر کے دکھا دینا چاہیئے۔ اُسے اپنے ذاتی وقار کے تحفظ کا بہت خیال تھا اور ایک عجیب سی لگن تھی اُس کے دل میں جو اُسے ہر کام کو پورا کرنے کے لئے اُکساتی تھی۔ چاہے وہ اُسے جانتا ہو یا نہ جانتا ہو۔ کئی دنوں سے ریڈیو خراب تھا اور میں چونکہ ریڈیو کا کام اچھی طرح جانتا ہوں اس لئے زرینہ نے مجھے کئی بار ریڈیو ٹھیک کرنے کے لئے کہا۔ مگر دفتر کی طویل جھک جھک کے بعد ذہن اور جسم دونوں اس قدر تھک جاتے ہیں کہ کھولنے اور ٹھیک کرنے کی ہمت کہاں سے لائیں؟ میں اس کام کو آج اور کل پر ٹال رہا تھا۔

ایک دن دفتر سے جو آیا تو دیکھا کہ ڈرائنگ روم کے ایک کونے میں پورا ریڈیو کھلا پڑا ہے اور اشتیاق عجب گھبرائی ہوئی حالت میں اُسے ٹھیک کرنے کی کوشش کر رہے ہیں۔ اور زرینہ قریب کھڑی رونکھی ہو رہی ہے۔ میں نے آنکھوں کے اشارے ہی اشارے میں پوچھا کیا بات ہے؟

زرینہ بولی "اشتیاق نے کہا تھا میں ریڈیو بھی ٹھیک کر لیتا ہوں اور تمہیں کئی دن سے فرصت نہیں مل رہی ہے اس لئے میں نے اشتیاق کو اس کام پر لگا دیا وہ ڈھائی گھنٹے سے ریڈیو پر کام کر رہے ہیں حالانکہ تم نے بتایا تھا کہ معمولی سا نقص ہے!"

میں معاملہ کی نزاکت کو سمجھ گیا۔ اشتیاق اپنے چھوٹے سے ماتھے پر بال گرائے مجھ سے آنکھیں چرائے ریڈیو پر کام کر رہے تھے۔ صاف معلوم ہوتا تھا کہ ریڈیو کھول تو لیا ہے مگر اب جوڑنا نہیں آتا۔ چہرہ سے پسینہ پھوٹ پڑا تھا۔ میں نے زرینہ کو باہر بھیج دیا اور خود اشتیاق کے ساتھ کام کرنے میں مصروف ہو گیا۔ مگر میں نے اشتیاق کو بھی محسوس ہونے دیا کہ مجھے معلوم ہے کہ اُسے یہ کام نہیں آتا۔ بلکہ میں نے اس طریقہ پر کام کو آگے بڑھایا جیسے ہر کام اشتیاق کی مرضی سے ہو رہا ہے۔

گھنٹہ بھر میں ریڈیو ٹھیک ہو گیا زرینہ بہت خوش ہوئی اس نے اشتیاق کو دو روپے انعام میں دیئے۔ مگر چند دنوں کے بعد پھر اشتیاق کی شامت آئی۔ زرینہ نے کہیں اُس سے پوچھ لیا۔ کیا تم رس گلے بنا سکتے ہو؟

"جی ہاں" اشتیاق فوراً بولے۔

"ایک دن بنا کے دکھاؤ"

"آج ہی رات کو بناؤں گا۔"

رات کے کھانے کے بعد دیر تک اشتیاق کچن میں کچھ کھڑ پڑ کرتا رہا۔ انگیٹھی سے دیر تک دھواں سلگتا رہا۔ منہ میں بیڑی جلتی رہی ماتھے پر بال الجھتے رہے اور کچن کی زرد روشنی دیر تک صحن میں اپنا سر پٹکتی رہی۔ کوئی ایک بجے کے قریب کچن کی بتی بجھی اور اشتیاق نے دوسرے دن صبح ناشتہ میں برف میں ٹھنڈے کئے گئے رس گلے تازے اور عمدہ اور گلاب کی خوشبو سے مہکتے ہوئے پیش کئے۔

"یہ رس گلے تم نے بنائے ہیں؟" زرینہ نے حیرت سے پوچھا۔

"جی۔ اسی خاکسار نے!" اشتیاق دروازہ سے لگ کر نظریں جھکا کر پاؤں سے فرش کو کریدنے کی کوشش کرتے ہوئے بولا۔

"بالکل بازار کے سے معلوم ہوتے ہیں! زرینہ تعریف کرتے ہوئے بولی۔

"یہی تو ان کی خوبی ہے"۔ میں نے کہا۔ "سیدھے بازار سے لائے گئے ہیں۔"

"جی نہیں۔" اشتیاق نے زور سے احتجاج کیا۔

اُس کے احتجاج کی شدت دیکھ کر زرینہ کا شبہ اور بڑھ گیا۔ بولی۔ "تو آج رات کو میرے سامنے رس گلے بناؤ۔ میں خود دیکھوں گی۔"

"جی بہت اچھا۔"

اشتیاق نے رس گلوں کے سلسلے میں چند چیزوں کی فہرست پیش کی جو منظور کر دی گئی۔ دوپہر میں بہت دیر تک اشتیاق بازار میں رہے۔ سرِشام زرینہ نے اُن کے جھولے کی تلاشی لے لی کہ کہیں وہ رس گلے بازار سے بنے آئے ہوں۔ رات کے کھانے کے بعد اشتیاق نے بڑے اہتمام سے رس گلے کا کاروبار کچن میں پھیلا دیا۔ زرینہ نے گھر کو اندر سے بند کر کے تالا لگا دیا تھا اور ہر پندرہ بیس منٹ کے بعد کچن میں جھانک لیتی تھی۔ کوئی دو بجے کے

قریب جب نیند کا غلبہ شدید ہونے لگا تو رس گلے تیار ہو گئے۔ اشتیاق ایک قاب میں رس گلے لے کر آئے۔ کھانڈ کے مقطر شیرے میں فینائل کی گولیوں سے بھی دو تہائی کم کے حجم کی سفید گولیاں سی تیر رہی تھیں۔ زرینہ چیخی!

"ارے یہ رس گلے ہیں، بکری کی مینگنی کے برابر۔؟"

"ابھی چھوٹے ہیں! دیکھئے سمجھئے بیگم صاحب۔ یہ رس گلے ابھی چھوٹے ہیں مگر رات بھر شیرا پئیں گے صبح کو پھول کر پورا رس گلہ ہو جائیں گے۔"

اشتیاق نے سمجھایا۔

زرینہ کو یقین آیا نہ مجھے۔ مگر نیند کا غلبہ شدید تھا اس لئے ہم سو گئے۔ صبح اُٹھے تو ناشتہ پر پورے حجم کے بڑی گولائی کے سفید رس گلے کھانے کو ملے۔ کسی طرح یقین نہ آتا تھا کہ رات کو کونین کی گولیوں کے برابر حجم والے رس گلے پھول کر اس قدر بڑے ہو گئے تھے۔ مگر رات بھر کون جاگے؟ اور چوکیداری کرے؟ اشتیاق ضرور صبح صبح بازار سے رس گلے خرید لائے ہوں گے اور رات کی گولیوں کو انہوں نے نالی میں بہا دیا ہو گا مگر اب کیا ہو سکتا ہے۔ جو شخص اپنے ذاتی وقار کی خاطر رات بھر جاگ سکتا ہے اور اپنی جیب سے خرچ کر کے دوسروں کو رس گلے کھلا سکتا ہے محض اپنی ذات کی اہمیت جتانے کے لئے۔ اُس سے اُلجھنا بے کار ہے۔

جُوں جُوں بلی کا بچہ بڑا ہوتا گیا اشتیاق کا جذبِ دروں بڑھتا گیا۔ چند ماہ میں ہمارے سامنے ایک خوبصورت بلی صحن میں گھوم رہی تھی جس کے بال مکھن کی طرح ملائم تھے جو انتہائی میٹھی سرگوشی میں خُرڈ خُرڈ کرتی تھی اور جب گردن نیوڑھا کے آنکھیں جھپکا کے اشتیاق کی طرف دیکھتی تھی تو وہ بے چارہ دل تھام کے رہ جاتا تھا

بھی قیامت کی حرّافہ ـــــ موٹی گل گوتھلی سی۔ کبھی دھیرے دھیرے مٹک مٹک کر چلتی کبھی ایک دم چنچل ہو کر چھلانگ لگاتی اور اشتیاق کے کندھے پر جا کر بیٹھ جاتی اور پیار سے اس کی گردن چاٹنے لگتی۔ کبھی اُون کا گولا بنی ہوئی پائنتی پر بیٹھ کر دھوپ کا مزہ لیتی کبھی اس کی باہنوں میں پوری پھیل کر لیٹ جاتی۔ عورت کی مکمل سپردگی کے ہر انداز میں۔ کبھی شریر تغافل ادا سے ایک مست انگڑائی لیتی اور جب اشتیاق اُسے پکڑنا چاہتا تو بدن چرا کے بھاگنے لگتی اور اشتیاق ایک عجب مسرت اور حسرت سے اس کی طرف دیکھنے لگتا۔ اشتیاق نے اُس کا نام گلشن رکھا تھا مگر پیار کی محویت میں اُسے صرف گلّو کہہ کر پکارتا تھا۔

ایک دن میری غیر حاضری میں اشتیاق نے زرینہ کے بیڈ روم پر دستک دی۔

سردیوں کے دن آ چلے تھے اس لیے زرینہ صبح ختم ہونے کے باوجود اپنے نائٹ گون میں ملبوس ایک سوئٹر بُن رہی تھی۔

"کون ہے؟" زرینہ نے پُوچھا۔

"میں ہوں اشتیاق۔"

"اندر آجاؤ۔" زرینہ بولی۔

کاغذ پنسل لیے ہوئے اشتیاق جھجکتے جھجکتے انتہائی مودب انداز میں دروازہ سے لگ کر کھڑا ہو گیا پھر اس نے چُپکے سے کاغذ اور پنسل آگے بڑھا دیا اور بولا لکھیے:

زرینہ بولی: "کیا کل کا حساب ہے، ابھی نہیں بعد میں دیکھ لوں گی۔"

"حساب نہیں ہے۔"

"پھر کیا ہے؟"

"آپ لکھیے تو۔" اشتیاق بار بار کاغذ اور پنسل آگے بڑھا رہے تھے زرینہ نے کاغذ

اور پنسل تھام کر ذرا سختی سے پوچھا۔

"آخر ہے کیا؟"

"ایک غزل کے تین شعر ہوئے ہیں۔"

زرینہ چند لمحوں کے لئے بھونچکی رہ گئی پھر اس کے دل میں ہنسی پھوٹنے لگی۔ مُسکرا کر بولی۔

"تم خود نہیں لکھ سکتے؟"

"جی نہیں۔ میں نہ لکھ سکتا ہوں نہ پڑھ سکتا ہوں۔"

"مگر شعر کہہ سکتے ہو" زرینہ نے فقرہ مکمل کیا۔

"جی! جی بالکل کہہ سکتا ہوں۔ آپ لکھئے میں بولتا ہوں۔"

"کیسے" زرینہ نے زچ ہو کر کہا۔

اشتیاق نے اپنی آنکھیں بند کر لیں اور ایک عجب محویت کے عالم میں بولا۔

تنہائی میرا کام ہے۔ گلشن تیرا نام ہے جو ہو سو ہو

ہم مرتے ہیں تجھ پر۔ تو ڈرتی ہے مجھ سے جو ہو سو ہو

"مگر اس کی بحر کیا ہے؟ زرینہ نے پوچھا۔

"بحر؟" اشتیاق نے حیرت سے آنکھیں کھول کر پوچھا "بہر حال غزل تو غزل ہے"

"مگر اس کا وزن؟" زرینہ نے پھر توجہ دلائی۔

"بڑی وزنی غزل ہے بیگم صاحب۔ آپ لکھئے تو"۔ اشتیاق نے کامل دلجمعی سے کہا۔

بڑی مشکل سے زرینہ نے اپنی ہنسی روکی۔ بولی "آگے چلئے"۔

اشتیاق نے پھر آنکھیں بند کر لیں اور گہرے مراقبے میں جا کر بولے۔

تیری جُدائی میں ہوئے ہم مست نگار جو ہو سو ہو
کہتا ہے تنہائی اب گلشن میں کون آیا جو ہو سو ہو

زرینہ نے پوچھا۔ کہتا ہے تنہائی ! مگر تنہائی تو مونث ہے !"

"مگر تنہائی تو میرا تخلص ہے اور میں مونث نہیں ہوں !" اشتیاق نے سمجھایا۔

اس کے چہرے پر کچھ ایسی مسکراہٹ تھی جیسے وہ کہنا چاہتا ہو" اجی بیگم صاحب۔ یہ شعر و شاعری ہے آپ کیا جانیں۔"

"اور یہ مست نگار۔ کہاں کی ترکیب ہے تنہائی صاحب" زرینہ نے پھر پوچھا۔

"ہمارے مُرادآباد میں ایسا ہی بولتے ہیں !" اشتیاق نے جواب دیا۔

زرینہ نے اک دم کاغذ پنسل بیڈ رُوم کی کھڑکی سے باہر پھینک دیئے۔ گرج کر بولی "اشتیاق اگر آج کے بعد تو نے کبھی مجھے اپنا کوئی شعر سُنایا تو کھڑے کھڑے گھر سے باہر نکال دوں گی" اشتیاق نے کھسیا کر سر جھکا لیا، پھر سر کھجانے لگے۔ بے حد محجوب اور شرمندہ سے دکھائی دے رہے تھے۔ زرینہ کو اُس پر رحم آگیا نرم لہجہ میں مُسکرا کر کہنے لگی۔

"میرے خیال میں اگر آپ شعر و شاعری چھوڑ کر ناول نگاری کی طرف توجہ کریں تو بہتر ہوگا۔"

فوراً سر اُٹھا کر بولے۔ ایک ناول بھی تیار کر رہا ہوں۔"

"کیا نام ہے اس ناول کا ؟" زرینہ نے پوچھا۔

"لائف اینڈ نگ" اشتیاق انگریزی میں بولے۔

اشتیاق کی انگریزی ایسی تھی جیسے پرانے زمانے میں اُن باورچیوں کی ہوا کرتی تھی جو انگریزوں کے پاس کام کرتے تھے یا آج کے اُن مزدوروں کی جو اَن پڑھ ہونے کے

باوجود ٹکنیکل دھندوں میں پڑجاتے ہیں۔ یہ انگریزی بڑی مختصر اور جامع ہوتی ہے اور بالعموم مصدر کی محتاج نہیں ہوتی مگر اپنا مفہوم ادا کرنے میں اُس انگریزی سے کہیں بہتر ہوتی ہے جسے آج کل کے طالب علم میٹرک تک پڑھتے ہیں۔

ایک دن جب اشتیاق میرے سر کی چمپی سے فارغ ہوچکا تو میں نے اُس سے کہا: "تم اتنے ڈھیر سارے دھندے جانتے ہو لیکن اگر تم کسی ایک دھندے کو پکڑ کر بیٹھ جاتے تو غالباً بہت ترقی کر جاتے۔"

"صاحب! میرا کسی کام میں زیادہ دیر تک جی نہیں لگتا۔" اشتیاق ایک چھوٹے سے تولیہ سے اپنے ہاتھ صاف کرتے ہوئے بولا۔ سال چھ ماہ ایک دھندا کیا پھر دوسرے میں چلا گیا اسی طرح زندگی کے پینتیس چھتیس برس گزار دیئے ہیں۔ باقی بھی ایسی ہی گزر جائے گی۔"

"تو تم کسی ایک دھندے میں جی کیوں نہیں لگاتے؟" میں نے پوچھا۔!

"جی نہیں لگتا۔" اشتیاق سر جھکا کر کسی اقبالی مجرم کی طرح شرمندہ ہو کے کہا۔

"میرا سینہ ہر وقت خالی خالی سا رہتا ہے۔"

"میاؤں۔"

دروازہ پر گگو تشریف لائیں اور وہ منہ اُٹھا کے بڑی بڑی آنکھوں سے اشتیاق کی طرف دیکھنے لگی۔ اشتیاق نے اُسے گود میں اُٹھا لیا اور اس کے بالوں پر دھیرے دھیرے ہاتھ پھیرتے ہوئے بولا: "گگو بھوکی ہے اُسے دودھ دے آؤں۔"

"جاؤ۔"

اشتیاق پر کبھی کبھی ذہنی غشی کے لمبے لمبے دورے پڑتے تھے، جبکہ وہ گھنٹوں اپنے خیالوں میں ڈوبا ہوا کچن میں غائب بیٹھا رہتا تھا۔ جانے کیا سوچتا ہے، خود ہی مسکراتا ہے،

خود ہی گھورتا ہے خود ہی سسکنے لگتا ہے، کبھی کبھی منہ میں بڑبڑانے لگتا ہے۔ کیا گزرتی ہے، اس پر، وہ کون سا کرب ہے جو اسے اندر ہی اندر کھائے جاتا ہے۔ کون جانے، کچھ بتاتا تو ہے نہیں۔ کبھی کبھی نشہ بھی کرتا ہے۔ قیاس غالب ہے کہ جب دل کی گھٹن اور سینے کا سُونا پن حد سے گزرنے لگتا ہے تو کوئی نشہ ضرور کرتا ہے۔ کیونکہ مہینے میں ایک دو دن ایسے آتے ہیں جب اشتیاق کوئی کام نہیں کر سکتا۔ سارا دن تقریباً نیم غشی کی حالت میں اپنی چارپائی پر پڑا رہتا ہے اور اس کا سینہ دھونکتا رہتا ہے اور دو دن کے بعد جب وہ ہوش میں آجاتا ہے تو اصرار کرتا ہے کہ نہ دن بدلا ہے نہ تاریخ بدلی ہے، نہ اُس نے کوئی نشہ کیا ہے اور ہم بھی اس لئے چپ رہتے ہیں کہ اپنا کام بہت اچھا کرتا ہے۔ ماہر ہی نہیں آرٹسٹ ہے اپنے کام کا۔ اور فنکاروں کے دماغ کی ایک چول تو ڈھیلی ہوتی ہی ہے۔ یہ سب جانتے ہیں۔

اس لئے کبھی کبھی ایسا ہو جاتا ہے کہ اس سے کہا حیدر آبادی بیگن بنائے اور وہ لے آیا کچھ عجیب سی ڈش۔ جس میں شوربہ پانی کی طرح پتلا تھا اور اس کے اندر بیگن کے کالے کالے ٹکڑے مرے ہوئے چوہوں کی طرح تیر رہے تھے۔

"یہ حیدر آبادی بیگن ہیں۔" زرینہ چیخ کر پوچھتی ہے۔

"جی نہیں یہ چائنا ٹاؤن ہے۔" اشتیاق کہتا ہے یہ بالکل نئی ڈش ہے، کھا کے دیکھئے سمجھئے، چکھئے، بالکل نیا مزا ہے۔"

"اُٹھا کے لے جا ابھی ابھی یہاں سے ورنہ تیرے سر پہ دے ماروں گا!" میں گرج کر کہتا ہوں کیونکہ مجھے تو اس ڈش کو دیکھ کر ہی متلی ہونے لگی تھی۔

اُس وقت تو اشتیاق ڈش اُٹھا کر لے گیا۔ مگر بعد میں اُس نے زرینہ سے کہا "صاحب بھی کیسی ناانصافی کرتے ہیں۔ چکھے بغیر ناپاس کر دیتے ہیں کھانے کو۔"

اشتیاق موتی قلیہ بہت عمدہ پکاتا ہے۔ ایک دفعہ گھر پر مخصوص مہمانوں کی دعوت تھی۔ اشتیاق سے موتی قلیہ پکانے کی فرمائش کی گئی، جب دسترخوان بچھا تو منجملہ دوسری چیزوں کے ایک نہایت بدبودار اور سڑی ہوئی ڈش سامنے آئی۔

"یہ موتی قلیہ ہے۔" زرینہ نے حیرت سے پوچھا۔

"جی نہیں۔" اشتیاق فوراً بولے "یہ پیسٹ ہے"

"پیسٹ کیا؟ تمہیں تو موتی قلیہ تیار کرنے کو کہا تھا، کہا تھا کہ نہیں! زرینہ خفا ہو کے بولی۔

"جی۔ موتی قلیہ بگڑ گیا۔ اس لئے میں نے نئی ڈش تیار کر دی تھی۔" اشتیاق کی یہ عادت اب ہمیں معلوم ہو چکی ہے کہ جب کوئی سالن بگڑ جاتا ہے وہ فوراً اُسے کوئی نیا نام دے کر دسترخوان پر پیش کر دیتے ہیں اور ڈش کے بگڑنے کا یوں تذکرہ کرتے ہیں جیسے کسی اعلیٰ خاندان کا لڑکا خود بخود بگڑ جائے اور اُس کے بگاڑنے میں اُن کا کوئی ہاتھ نہ ہو۔

اب کیا کہیں۔ چند ایسے مہمانوں کی دعوت تھی جن کے سامنے میں بے تکلف نہ ہو سکتا تھا ورنہ آج میرا ارادہ اشتیاق سے بے تکلف ہونے کا تھا۔ مگر مہمان موجود تھے اور دوسرے سالن بے حد عمدہ تھے اس لئے خاموش رہ جانا پڑا۔

دوپہر کے کھانے کے بعد ہم اپنے مہمانوں کو لے کر میٹنی شو دیکھنے چلے گئے اور چلتے چلتے زرینہ نے اشتیاق کو رات کے کھانے کے متعلق ہدایات دے دیں۔ میٹنی شو دیکھ کر جب ہم شام کو واپس آئے تو دیکھا کہ گھر کے باہر فائر بریگیڈ کھڑا ہے۔ بہت سے لوگ جمع ہیں اور کچن کی چمنی اور چھت اور کھڑکیوں سے دھوئیں کے بادل اُٹھ رہے ہیں۔

"آگ، آگ میرا گھر بچاؤ۔ سینٹ لارڈ زور زور سے چیخ رہا تھا۔

"اشتیاق کہاں ہے ؟" میں نے پوچھا۔
"کیا معلوم" سینٹ لارڈ اپنے سر کے بال نوچتے ہوئے بولا "ایک گھنٹے سے چیخ رہا ہوں دروازہ ہی نہیں کھولتا اندر کچن میں شاید نشہ کر کے بے ہوش پڑا ہے"
میں نے اور زرینہ نے۔ دونوں نے چلا چلا کر اشتیاق سے دروازہ کھلوایا۔
اشتیاق بے حد حیرت زدہ کچن سے نکلے اور دھواں دیکھ کر پلٹے اور کچن کی دونوں انگیٹھیوں پر پانی ڈال کر بجھانے لگے۔ دونوں پتیلیوں کے سالن جل چکے تھے۔ مگر خدا جانے ان میں اس نے کون سا مصالحہ ڈالا تھا کہ دھوئیں کے گہرے سیاہ بادل اب تک ان پتیلیوں سے اُٹھ رہے تھے۔
"آگ آگ" سینٹ لارڈ غصہ سے چیخ رہا تھا۔
"کدھر ہے آگ ؟" اشتیاق حیرت سے پُوچھنے لگا۔
زرینہ بولی "یہ بے چارے ایک گھنٹے سے چیخ رہے ہیں دروازہ پیٹ رہے ہیں اور تمہیں کچھ پتہ ہی نہیں۔ فائر بریگیڈ تک آیا اور تم کچن کا دروازہ بند کئے غافل بیٹھے ہو"
اشتیاق سب لوگوں کو متوجہ دیکھ کر کچھ چونکے۔ شرمندہ ہو کر سر جُھکانے لگے۔ ایک اُنگلی اپنی کھوپڑی پر رکھ کر بولے۔
"بحث چل رہی تھی"
"کیسی بحث ؟" زرینہ کا پارہ چڑھنے لگا۔ "تم تو یہاں اکیلے بیٹھے ہو"
"کورٹ میں مقدمہ تھا"
"کیسا مقدمہ ؟"
"آبائی مکان کا مقدمہ تھا۔ میرے اور چچازاد بھائی لطیف کے درمیان۔ وکیل استغاثہ

اور وکیل صفائی میں بحث ہو رہی تھی ۔

"کدھر ہے وکیل استغاثہ اور وکیل صفائی ؟" زرینہ کے غصہ کا پارہ چڑھنے لگا ۔"میں خود دونوں طرف سے وکیل ہوں، خود ہی کورٹ ہوں خود ہی مُدعی، خود ہی مُدعا علیہ، خود ہی بحث کرتا تھا، خود ہی جواب دیتا تھا" اشتیاق نے بتایا۔

"مگر کہاں بحث چل رہی تھی؟" زرینہ نے دانت پیس کر پوچھا۔

"یہاں" اشتیاق نے اپنی کھوپڑی پر اُنگلی رکھ کر کہا اور سر جھکا لیا ۔

زرینہ کا دل اشتیاق سے ہٹنے لگا۔ میرا بھی ! عمدہ باورچی ہونے کے باوجود اُس کی خامیاں اب جان لیوا ثابت ہونے لگیں۔ ادھر اشتیاق سے زیادہ اُس کی بلی بی گلشن نے مجھے عاجز کر دیا۔ میں دراصل اشتیاق کی وجہ سے اُس سے بے اعتنائی تو برتتا تھا کیونکہ اشتیاق نہیں چاہتا تھا کہ اُس کے سوا کوئی دوسرا اس کی بلی پر توجہ دے ۔ مگر غالباً گلشن کو یہ بات پسند نہ تھی۔ وہ مجھے بھی اپنے مداحوں کی فہرست میں شامل کرنے پر مُصر تھی۔ دو ایک بار وہ میرے کمرے میں اٹھلاتی ہوئی آئیں مگر میں نے شش کہہ کر بھگا دیا۔ پھر میری غیر حاضری میں ایک بار وہ میرے بستر پر چڑھ کے سو گئیں ۔ دراصل سوئی نہ تھیں سونے کا بہانہ کر رہی تھیں۔ وقت بھی بی گلشن نے وہ چُنا تھا جو میرے دفتر سے آنے کا تھا۔ مقصد یہ تھا کہ دیکھو ہم تو تمہارے بستر پر چڑھ کے سوئیں گے اور اگر تم اِسے برداشت کر گئے تو دوسری بار تمہارے سینے پر چڑھ کے سوئیں گے ۔ یعنی جس قدر میں بے اعتنائی دکھا رہا تھا اسی قدر وہ مجھے اپنے قریب لانے پر مُصر تھیں ۔

اس وقت میں نے جو اُنہیں بستر پر سوئے ہوئے دیکھا تو غصہ میں آکر اُنہیں دُم سے پکڑا اور بستر سے نیچے پھینک دیا۔ بے حد خفا ہو کر غرائیں اور جھلا کر کمرے سے باہر چلی گئیں مگر اس کا بدلہ گلشن نے یوں لیا کہ دوسرے دن دفتر سے جو آیا تو کیا دیکھتا ہوں کہ میرے کمرہ میں بمبئی کی ریشمی

رُوئی کے دونوں تکیے اُدھڑے پڑے ہیں اور گلشن اُنہیں پنجے مار مار کر نوچ رہی ہے اور سمبل کو ہوا میں اُڑا رہی ہے۔

میری آنکھوں میں خون اُتر آیا۔ جھپٹا مارنے کے لئے آگے جو بڑھا تو گلشن چھلانگ لگا کر دروازہ سے باہر۔ اور بلی چلّانے لگی۔ "میاؤں ! میاؤں !" مگر آج میں نے بھی قسم کھالی تھی۔ آج میں اس حرّافہ کو زندہ نہیں چھوڑوں گا۔ میں نے صحن کا دروازہ بند کر دیا اور ڈرائنگ روم سے بیڈ روم اور ڈرائنگ رُوم سے کچن سے، صحن سے باتھ رُوم تک گلشن کے پیچھے پیچھے بھاگ کر آخر میں نے اُسے پکڑ لیا اور دونوں ہاتھوں سے دبا کر اُسے گھر سے باہر لے چلا۔ اشتیاق سہا ہوا میرے پیچھے پیچھے آنے لگا مگر میرے غصّہ کو دیکھ کر مُنہ سے کچھ بول نہیں رہا تھا۔ صرف اُس کے ہونٹوں کے کونے پھڑک رہے تھے۔

بڑی سڑک پر آکر میں ایک کونے میں کھڑا ہو گیا۔ اس سڑک پر کئی کوڑے اور گڑھے تھے اور اس پر ان گنت وزنی ٹرک گھوں گھوں کرتے ہوئے گزرتے تھے۔ میں نے ایک ٹرک کو قریب آتے ہوئے دیکھ کر یکایک گلشن کو زور سے جُھلایا اور نشانہ باندھ کر گزرتے ہوئے ٹرک کے نیچے پھینک دیا۔ اشتیاق کے گلے سے ایک گھٹی ہوئی چیخ نکلی۔

ٹرک سڑک پر سے گزُر گیا۔ چند لمحوں تک ایسا محسوس ہوا جیسے گلشن سڑک پر پس کر بھی لیٹی ہے۔ پھر یکایک وہ چونک کر کھڑی ہوئیں اور بجلی کی سُرعت سے چھلانگ لگا کر سڑک کو پار کرتی ہوئی مخالف سمت چلی گئی اور پھر کبھی ہمارے گھر نہیں آئی۔

تین دن تک اشتیاق نے انتظار کیا مگر گلشن کہیں نظر نہیں آئی۔ چوتھے دن اس نے سامان باندھ لیا اور بولا: "صاحب میرا حساب کر دیجئے میں جانا چاہتا ہوں۔"

"کیوں۔ تمہیں یہاں کیا تکلیف ہے؟" زرینہ نے پوچھا۔

اشتیاق نے مجھ سے آنکھیں چرا کے زرینہ سے کہا "بیگم صاحب جس طرح صاحب نے میری بلی کے ساتھ سلوک کیا ہے وہ میں برداشت نہیں کر سکتا۔"

" اور وہ جو تمہاری بلی نے میرے چالیس روپے کے دو قیمتی تکیے پھاڑ ڈالے ہیں اس کا ہرجانہ کون دے گا!" میں نے غصہ سے بلند آواز میں کہا۔

زرینہ معاملے کو سلجھانے کے خیال سے بولی "ارے ایک بلی کی وجہ سے لگی لگائی نوکری چھوڑتا ہے۔ میں تجھے ایسی ایسی دس بلیاں لا دوں گی۔"

"نہیں۔ وہ تو میری گلشن تھی۔" اشتیاق کی آواز کمزور ہو کر لرزنے لگی جیسے وہ ابھی رو دیگا۔

"ارے گلشن تھی کہ زلفن کہ کریمن جو نام چاہے رکھ لینا۔" میں نے بھی اسے ٹھنڈا کرنے کی کوشش کرتے ہوئے کہا "سینکڑوں بلیاں گھومتی ہیں اس علاقہ میں۔"

اشتیاق نے پھر نظریں چرا کر مجھ سے رخ موڑ کر زرینہ کی طرف دیکھا۔ بولا!

"مجھے صاحب سے بڑا ڈر لگتا ہے اب تو۔"

"کیوں؟" زرینہ نے پوچھا۔

"جب صاحب نے گلشن کو اٹھا کر سڑک پر پھینک دیا تو مجھے ان کا چہرہ بالکل اپنے باپ کی طرح نظر آیا۔"

"اپنے باپ کی طرح؟ کیا بکتے ہو؟" زرینہ غصہ سے بولی۔

اشتیاق نے ایک دو لمحہ توقف کیا پھر گمبھیر لہجہ میں کہنے لگا "اسی طرح میرے باپ نے ایک دن نشہ کی حالت میں مجھے کمرے سے اٹھا کر باہر سڑک پر پھینک دیا تھا۔ اس وقت میری عمر صرف چار سال کی تھی۔ میں یقیناً مر جاتا مگر سڑک پر جہاں میں گرا اس پر ایک بڑا سا گڈھا تھا اور میں اس گڈھے سے باہر نہیں نکل سکا۔ اور رات کا وقت تھا اور دو ایک ٹرک پر سے

سے پرے گزر گئے پھر شاید میں بے ہوش ہوگیا۔ میری ماں وو ہتر مار کر چیخنے لگی۔ یکایک میرے باپ کو ہوش آگیا اور وہ بھاگا بھاگا آیا اور سڑک کے گڑھے سے مجھے اُٹھا کے اپنے سینے سے لگا کے گھر لے گیا اور وہ میرا منہ چومتا تھا اور زور زور سے روتا تھا اور کبھی میری ماں مجھے اُس سے چھین کر اپنے سینے سے لگالیتی تھی اور کبھی میرا باپ مجھے میری ماں سے لے کر اپنی چھاتی سے لگالیتا تھا۔ مگر میں اس کا وہ چہرہ کبھی نہیں بھول جب اُس نے مجھے غصّہ میں اپنے ہاتھوں سے اُٹھا کر سڑک پر پھینک دیا تھا۔ بالکل ایسا ہی چہرہ تھا۔ اس وقت صاحب کا۔ اس لئے میرا حساب کر دو میں یہاں نہیں رہوں گا۔"

اشتیاق میرے پاؤں کو ہاتھ لگانے لگا۔ جیسے اپنی گستاخی کی مجھ سے معافی مانگ رہا ہو۔

زرینہ نے اس کا حساب کر دیا۔

تین سال کے بعد جب ہمارا تبادلہ بمبئی میں ہوگیا تو وہ ہمیں بمبئی میں ملا۔ ہمیں ایک گھر کی تلاش تھی اور اشتیاق ایک ہاؤس ایجنٹ تھا۔ اور اس کا نام اب لالو کرمانی تھا۔ اور وہ سندھی تھا اور سندھی زبان وہ بڑے فرّاٹے سے بولتا تھا۔ وہ کھدر کا پائجامہ اور کھدر کا ایک لمبا کُرتہ پہنتا تھا۔ اور پہلی نظر میں کسی محلّہ کمیٹی کا کانگریسی نیتا معلوم ہوتا تھا۔

"یہ کیا ڈھنگ ہیں تمہارے یہاں پر؟" زرینہ نے اپنے دونوں ہاتھ اُٹھا کر اس سے پوچھا۔

"ادھر — ! — بلڈنگ کا اکھا دھندا سندھی لوگ کے پاس ہے اس لئے ہم بھی سندھی بن گیا ہے بیگم صاحب! کیا کریں پیٹ روٹی مانگتا ہے۔"

"کوئی بلی وِلّی پال رکھی ہے ادھر بھی؟" میں نے اُس سے پوچھا۔

وہ شرمندہ سا ہوگیا آنکھیں جھپکاتے ہوئے بولا "صاحب ادھر بمبئی میں جندہ رہنا بھی مشکل ہے۔ ایک ایرانی ہوٹل کے مالک نے ترس کھا کر میرا ٹرنک اور بستر اپنے باورچی خانہ میں

رکھنے کی اجازت دے دی ہے ۔ رات کو اس کی دوکان کے سامنے پڑ رہتا ہوں ۔ صبح گیارہ بجے تک اس کی دوکان میں سموسے بناتا ہوں۔ پھر رام داس ماکی جانی کے دفتر میں جاتا ہوں۔"

"یہ ماکی جانی کون ہے؟ زرینہ نے پوچھا۔

"اصل میں ہاؤس ایجنٹ تو وہی ہے۔ میں اُس کا دُوسرا اسسٹنٹ ہوں۔"

"تم کو کیا ملتا ہے؟"

"کمیشن ملتا ہے۔"

"کتنا؟"

"ماکی جانی کو ٹونٹی فایو پرسنٹ ملتا ہے۔ پہلے اسسٹنٹ کو فایو پرسنٹ ملتا ہے۔" اشتیاق انگریزی بگھارنے لگے۔" ہم کو ون پرسنٹ!"

"ون پرسنٹ؟" زرینہ نے پوچھا" ون پرسنٹ آف واٹ!

اشتیاق بولے" ون پرسنٹ آف دی فایو پرسنٹ آف دی ٹونٹی فایو پرسنٹ آف دی ہنڈرڈ پرسنٹ!

زرینہ ہنستے ہنستے لوٹ پوٹ ہوگئی۔ اشتیاق خود بھی بے حد محظوظ ہوئے۔ آخر جب زرینہ نے کسی طرح سے اپنی ہنسی پر قابو پالیا تو بولے۔

"آپ کو ایک فلیٹ دے سکتا ہوں۔"

"کیسا ہے وہ فلیٹ؟"

اشتیاق اُنگلی پر کرے گنواتے ہوئے بولے" ون بیڈ رُوم۔ ون باتھ رُوم مور، ون کچن، ون ہال اینڈ سپریٹس۔"

"یہ and Separates کیا بلا ہے؟" زرینہ نے پوچھا۔

"یس اینڈ سیپریٹس!" اشتیاق نے اس طرح حیرت سے زرینہ کی طرف دیکھا۔ گویا کہہ رہا ہو ایم اے کرنے کے باوجود اتنی معمولی سی انگریزی نہیں سمجھ سکتیں آپ!

"اینڈ سیپریٹس!" بیگم صاحب اشتیاق نے پھر سمجھایا۔

زرینہ نے یکایک سمجھ کر کہا "اچھا تمہارا مطلب ہے آل سیپریٹس یعنی ہر کمرہ دوسرے سے الگ الگ ہے۔"

"یس اینڈ سیپریٹس۔" اشتیاق کے چہرہ پر احساس برتری کی ایسی جھلک آئی گویا کہہ رہا ہو اُفوہ کتنی دیر سے بات آپ کی سمجھ میں آئی ہے۔

زرینہ پھر ہنسنے لگی۔ میں نے بات ٹالنے کی غرض سے کہا "اور بھی کچھ کام کرتے ہو؟"

"جی ہاں۔ ایک ٹوتھ پیسٹ تیار کیا ہے۔ میری ٹوتھ پیسٹ۔"

"یہ میری کون ہے۔" زرینہ نے چونک کر پوچھا۔

شرما کر بولے۔ "ایک چھوکری ہے!"

"تمہاری منگیتر؟"

"جی نہیں۔" سر ہلا کر بولے۔ "ہمارے ہوٹل میں ایک عیسائی بڑھیا کام کرتی ہے اُس کی چھوکری ہے۔ کوکن کے گاؤں میں یہ بڈھی اپنی چھوکری کی شادی بناتا ہے۔"

"تمہارے سنگ؟" زرینہ نے خوش ہو کر پوچھا۔

"نہیں۔ کسی عیسائی چھوکرے کے سنگ۔ الفرڈ اس کا نام ہے وہ بھی اُدھر کوکن کے گاؤں میں رہتا ہے مگر بڈھی بہت گریب ہے۔ اس کے پاس پیسہ نہیں ہے اس لئے ہم نے میری ٹوتھ پیسٹ نکالا ہے اور اس کو شام کے ٹائم میں بیچتا ہے اور اس کا پیسہ اس کرسچن بڈھی کو دیتا ہے۔"

"۔۔۔تاکہ اپنی چھوکری کی شادی تمہارے سوا کہیں اور کر سکتے ؟" زرینہ نے بے حد تلخ ہو کر پوچھا۔
یکایک اشتیاق سٹپٹا گیا اُس کی آنکھوں کی پُتلیاں جلدی جلدی گھومنے لگیں۔ اس کے ہونٹوں کے کونے تیزی سے پھڑکنے لگے اور گال اور بھی اندر کو دھنستے گئے اور اس کا چہرہ ایک ایسی کالی کھوپڑی کی طرح نظر آنے لگا جس پر صرف کھال ہی کھال منڈھی ہو۔ مجھے اس کو دیکھ کر بہت رحم آیا وہ اس وقت زرینہ سے نظریں چرا کر یوں چاروں طرف دیکھ رہا تھا۔ جیسے چاروں طرف سے دیواریں اُس پر گر رہی ہوں اور اُس کے بچ نکلنے کا کہیں کوئی راستہ نہ ہو۔

میں نے جلدی سے بات کا رُخ پھیرتے ہوئے اس سے پوچھا۔

"شعر و شاعری جاری ہے ؟"

اُس نے انکار میں سر ہلا دیا۔

"کیوں ؟" میں نے پوچھا۔

"اب تو ایک فلمی کہانی لکھ رہا ہوں۔" اشتیاق نے بڑے فخر سے اعلان کیا۔ وہ اب اپنی گھبراہٹ پر قابو پا چکا تھا۔

"ہیرو کون ہے ؟" میں نے پُوچھا۔

"اشتیاق !" اپنا نام لے کر بولے "ڈبل رول ہے اشتیاق کا اس پکچر میں۔"

"اور ولن کون ہے ؟" زرینہ نے پُوچھا۔

"شاید دلیپ کمار نبھا جائے !" اشتیاق سوچ سوچ کر بولے "ولین کا رول بہت مشکل ہے۔"

زرینہ نے ہنسی روکنے کے لئے اپنے مُنہ میں دوپٹہ ٹھونس لیا۔

"اور ہیروئن؟" میں نے پوچھا۔

"فلم انڈسٹری میں تو کوئی ہے نہیں۔" اشتیاق سنجیدہ ہو کر بولے۔ "باہر دیکھ رہا ہوں۔"

"فلم انڈسٹری میں کوئی نہیں ہے۔" میں نے پوچھا۔ پھر اُسی کا انگریزی فقرہ میں نے دُھرا کر پوچھا۔

"نو سر۔" اشتیاق نے سر ہلا کر کہا۔

"تو اس فلم کے گانے کون لکھے گا؟ تم نے تو شاعری ترک کر دی ہے۔

جی!" اشتیاق اپنے ہاتھ کے ایک ناخن کو دوسرے ناخن سے کریدتے ہوئے بولے۔

"شاعری تو چھوڑ دی ہے مگر اس فلم کے گانے تو میں ہی لکھوں گا۔ ایک ٹکڑا کہا ہے۔

"کیا؟"

نگاہیں نیچی کیے آنکھوں کے کونوں سے ڈرتے ڈرتے چور نگاہوں سے زرینہ کی طرف دیکھتے ہوئے بولے۔ صاحب بات یہ ہے کہ غزل سے بیگم صاحب نے ہم کو بہت ڈرا دیا تھا کہ اس کا وزن بہت بڑا ہوتا ہے اس لئے ہم نے غزل کو چھوڑ دیا مگر فلمی گیت۔ ہیں ہم دیکھتے ہیں کہ اس کا وزن چھوٹا ہوتا ہے۔ کیا مطلب کہ چھوٹے چھوٹے ٹکڑے ہوتے ہیں اور بیچ بیچ میں میوزک ہوتا ہے۔ اس لئے ہم نے ایک فلمی گیت شروع کیا ہے۔ اس طرح چھوٹے چھوٹے ٹکڑے والا۔

"تو سناؤ۔" میں نے بے چین ہو کر کہا۔

اشتیاق نے کھنکار کے گلا صاف کیا۔

او صنم ! او صنم !
مَیں نے لیا۔
اُلّو کا جنم ۔
او صنم ۔
تیرے لئے ۔

زرینہ کی بُری حالت تھی ۔ مُنہ میں دوپٹہ ٹھونستے ہوئے اس کا چہرہ لال ہوتا جا رہا تھا ۔ بڑی مُشکل سے میں نے اپنی ہنسی روکی اور اس سے پُوچھا۔

" مگر اُلّو کا جنم کیوں اشتیاق ؟" روکنے کے باوجود میری ہنسی میرے سوال سے باہر چھلکی پڑتی تھی۔

" اُلّو کا جنم اس لئے صاحب ۔" اشتیاق نے گہری سنجیدگی سے کہا" کہ اشتیاق کو بیبی فلم کے ہیرو کو رات میں نیند نہیں آتی ہے ۔ ہیروئن کے فراق میں ...... ہیروئن کے فراق میں رات رات بھر جاگتا ہے اور اُلّو بھی رات کو جاگتا ہے اس لئے ...... بات کو سمجھیئے ذرا۔ ذرا سوچیئے ۔ کیا گہری حقیقت بیان کیا ہُوں ۔"

" ارے اُلّو کے پٹھے !" زرینہ نے دوپٹہ مُنہ سے نکال کر یکایک چیخ کر کہا ۔" بھاگ جا یہاں سے ورنہ اپنی چپل اُتار کر اتنے ماروں گی ۔ اتنے ماروں گی کہ ....."

زرینہ چپل اُتارنے لگی ۔

اشتیاق بھاگ کھڑا ہوا ۔

اشتیاق کا کاروبار ایرانی ہوٹل والے کے ہاں خُوب چمک گیا ۔ پہلے وہ صرف سموسے بناتا تھا پھر اُس نے ایرانی ہوٹل کے مالک کو ڈھرّے پر لگا کر اُسے شاہی ٹکڑے بیچنے کی

ترغیب دی۔

"بہت سستے میں بن جائے گا سیٹھ تمہارے ادھر۔ ڈبل روٹی کا کٹ ٹکڑا ابے کار میں پھینکتا ہے۔ ہم اس کو کام میں لائے گا۔ خالی شکر کا خرچ ہے اور تھوڑی سی بالائی"۔ اشتیاق نے اُسے سمجھایا۔ اور تمہارے پاس تین تین ریفریجریٹر ہے۔ ایک ریفریجریٹر میں شاہی ٹکڑا رکھے گا۔ گاہک کو ٹھنڈا ٹھنڈا سرو کرے گا۔" ایرانی مان گیا کیونکہ خرچہ بہت کم تھا اس مٹھائی کا۔ پہلے دن اشتیاق نے جو شاہی ٹکڑا بنایا تو وہ دو آنے فی ٹکڑے کے حساب سے ہاتھوں ہاتھ بک گیا۔ ایسی عمدہ ڈش جس سے پیٹ بھی بھرے اور مٹھائی کی مٹھائی بھی معلوم ہو ایرانی ہوٹل میں بیٹھنے والوں نے آج تک کاہے کو کھائی تھی۔ اب تو یہ حالت ہوگئی کہ اشتیاق کو دن میں دو بار شاہی ٹکڑے تیار کرنے پڑتے اور بکری کو بڑھتے دیکھ کر ایرانی ہوٹل کے مالک نے اشتیاق کو اپنے کچن کا ہیڈ کک مقرر کر دیا۔ کچن میں کام کرنے والے نوکر اب اشتیاق کو اُستاد جی کہہ کر پکارتے تھے۔ اور ہوٹل کا مالک اشتیاق کو شاہی ٹکڑے کی مناسبت سے میرے دل کا ٹکڑا کہتا تھا۔

اگر میں نے کبھی اشتیاق کے جسم اور رُوح پر بہار آتے ہوئے دیکھی ہے تو وہ یہی دن تھے۔۔۔۔۔ اس کے کلّے بھرنے لگے اور کالے رُخساروں پر صحت کا اوداپن جھلکنے لگا۔ اور وہ کشتیاں اس کی پتلیوں کی جو اس کی آنکھوں میں ہر وقت بے چین اور مضطرب ہو کر تیرتی سی رہتی تھیں اب بمبئی کے ساحل پر لنگر ڈالتی ہوئی معلوم ہوتی تھیں۔ جہاں اشتیاق نے ہمیں مکان دلوایا تھا اس کے قریب کوئی ایک فرلانگ کے فاصلہ پر وہ ایرانی کا ہوٹل تھا۔ چوک کے نکڑ پر، سامنے ٹیکسیوں کا اڈہ تھا اور قریب ہی یہ نئی مارکیٹ کھل گئی تھی اس لیئے صبح سے شام تک اس ایرانی ہوٹل میں بڑی بھیڑ رہتی تھی۔ بوٹ پالش کرنے والے اور پان بیچنے والے اور بھیل پوری کی چاٹ بیچنے والے اور آس پاس کے گھروں اور بنگلوں

کے نوکر چاکر اور کالجوں کے ٹیڈی بوائز اور کام کی تلاش میں گھومنے والے بے کار اور آوارہ گرد لونڈے جو کالج کے لڑکوں سے زیادہ ٹیڈی معلوم ہوتے تھے اُن سب کا جمگھٹا اس ہوٹل کے اندر اور باہر رہتا تھا۔ اور اس ہوٹل میں اشتیاق بہت پاپولر ہو گیا تھا آتے جاتے میں اُسے دیکھتا تھا۔ سہ پہر تک تو وہ اپنے بھیگے کپڑوں میں کبھی کچن کے باہر بڑی مستعدی سے کام کرتا دکھائی دیتا۔ کوئی چار بجے کے قریب وہ نہا دھو کر گیروے رنگ کا بنگالی کرتا اور اس کے نیچے کھلے پائچوں والا پاجامہ اور چپل پہن کر ایرانی ہوٹل کے باہر آ کھڑا ہوتا۔ اُس وقت اُسے کام کی تلاش میں آتے ہوئے اِدھر اُدھر سے بہت سے لونڈے گھیر لیتے۔ وہ اِدھر اُدھر کے بنگلوں اور فلیٹوں میں اُن لڑکوں کو نوکر کرا دیتا۔ کیونکہ ہاؤس ایجنٹ کا اسسٹنٹ ہونے کی وجہ سے آس پاس کی بلڈنگوں میں اُس کی خاصی جان پہچان ہو گئی تھی۔ جن لونڈوں کو وہ نوکری نہ دلوا سکتا انہیں دوسرے دن آنے کا مشورہ دے کر چلتا کرتا۔ پھر بیڑی سلگا کر ٹیک لانڈری کے مالک سے باتیں کرتا جو اس کا ہم وطن تھا یعنی مُراد آباد کا رہنے والا تھا اور جس کے لئے وہ ایک نہایت ہی عمدہ اور نہایت ہی سستی قسم کا ایسا صابن بنانا چاہتا تھا جس میں خرچہ بہت کم ہو اور کپڑے بھی بہت عمدہ دُھل جائیں مگر اشتیاق ابھی اپنی ایجاد میں کامیاب نہ ہوا تھا۔

ٹیک لانڈری سے فارغ ہو کر وہ اپنے ہاؤس ایجنٹ کے ہاں چلا جاتا یا نئے گاہکوں کو لے کر مکان دکھانے کے لئے چلا جاتا۔ رات کو نو دس بجے فارغ ہو کر ایرانی ہوٹل میں کھانا کھاتا پھر ایک کپ چائے پی کر اور پھر بیڑی سُلگا کر اور پان کھا کر وہ سنتو باورچی کے جھونپڑے میں جا کر سو رہتا کیونکہ اب وہ بڑا آدمی ہو گیا تھا۔ وہ اب ایرانی ہوٹل کے باہر نہیں سو سکتا تھا۔ سنتو باورچی کے بارھویں نمبر کی سڑک کے پیچھے ایک چھوٹے سے خالی پلاٹ پر تھا اور

اس کی بیوی بچہ ہونے کے لئے اپنے میکے ٹیڑھی گڑھوال کے کسی گاؤں میں گئی ہوئی تھی اور کہیں چار ماہ کے بعد واپس آنے والی تھی، تب تک اشتیاق سنتو کے جھونپڑے میں رہ سکتا ہے سنتو نے اُستاد جی سے کہا تھا۔

شاہی ٹکڑوں کی روز افزوں بکری کو دیکھ کر میں نے اندازہ کیا تھا کہ اب اشتیاق کے قدم یہاں جم جائیں گے۔ اس لئے دو ماہ کے بعد مجھے بڑی حیرت ہوئی جب ایرانی ہوٹل کے مالک نے مجھے بتایا کہ اُس نے اشتیاق کو نکال دیا ہے۔

"کیوں؟" میں نے پوچھا "کوئی غبن کیا۔"

"نہیں۔ آج تک ایک پیسہ کا غبن نہیں کیا۔" ایرانی ہوٹل کا مالک بولا۔

"پھر کیا کام میں گڑبڑ کرتا ہے۔؟"

"نہیں۔ کام تو اشتیاق بہت اچھا کرتا تھا۔"

"پھر؟"

ایرانی ہوٹل کے مالک نے کچھ کہنے کے لئے مُنہ کھولا پھر جلدی سے بند کر لیا پھر ایک ٹھنڈی سانس بھری اور بولا۔ "اُس کا بھیجا پھر یلا ہے ہم اُس کو ستر روپیہ پگار دیتا تھا وہ پگار بھی اُس نے خرچ کر دیا اُدپر سے پانچ کپ چائے اور دو سو سلائیس کا بل ہو گیا۔"

"پانچ سو کپ چائے اور دو سو سلائیس؟" میں نے حیرت کہا۔ "اشتیاق تو اتنا پیٹو بھی نہ تھا وہ تو بہت ہی کم خوراک کھاتا تھا۔"

"ہم جانتا ہے اس لئے تو ہم بولتا ہے۔" ایرانی ہوٹل کا مالک خفا ہو کے بولا۔ "وہ خود پانسو کیا سات سو کپ چائے پیتا تو ہم اس کو منع نہیں کرتا تھا مگر وہ خود نہیں پیتا تھا اِدھر اُدھر کے بے کار اور ننگے لونڈا لوگ کو جو اِدھر آجو باجو کی بلڈنگوں میں نوکری بنانے کے واسطے

آنلے وہ اُن کو بھوکے پیٹ دیکھ کر چائے پلاتا تھا۔ جب ہم منع کرتا تھا تو بولتا تھا، میرے حساب میں لکھ لو۔ اب پانچ سو کپ چائے اور دو سو سلائس کا بل ہو گیا۔ اس کو کس کے حساب میں لکھے گا؟ اس لئے ہم نے اُس کو نکال دیا۔"

"بہت اچھا کیا" میں نے ایرانی سے کہا اور پیسے کاؤنٹر پر رکھتے ہوئے کہا "ایک ڈبیہ کیونڈر کی دو!"

"عجب مغز پھرا ہے اُس کا" ایرانی نے میرے پیسے گنتے ہوئے کہا "دو پیسہ کم ہے"

"ساری" کہہ کر میں نے جیب میں ہاتھ ڈال کر اُسے دو پیسے اور دیئے اور کیونڈر کی ڈبیہ لے کر اُس سے پوچھا "تو آج کل اشتیاق کہاں پر ہے؟"

"جیل میں ہے"

"جیل میں؟" میں حیرت سے ایرانی کی طرف دیکھنے لگا۔ "تم نے اُس بے چارے کو جیل بھجوا دیا"

"ہم نے کہاں پہونچایا ہے صاحب۔ وہ تو اپنی کرنی سے گیا ہے۔ شراب کی سمگلنگ کے دھندے میں"

"اچھا۔ یہ دھندا بھی اس نے شروع کر دیا تھا"

"وہ تو یہ دھندا نہیں کرتا صاحب۔ مگر ہمارا باورچی سنتو اپنے کھالی ٹایم میں یہ دھندا کرتا تھا اور اِدھر اُدھر کی بلڈنگوں میں رات کو باٹلی پہنچاتا تھا" ایرانی بولا۔ "پھر ایک رات پولیس نے اُس کے جھونپڑا پر چھاپہ مارا۔ چھ باٹلی پکڑا گیا تو اشتیاق بولا کہ سنتو بے گناہ ہے۔ میں نے یہ چھ بوتل شراب کا اِدھر لاکے رکھا تھا اس واسطے اشتیاق کو تین مہینے کی سجا ہو گئی ہے"

"اس نے ایسا کیوں بولا؟"

"وہ بولا۔ ہمارا کیا ہے ہم اکیلا آدمی ہے تین مہینے کی سزا چٹکی بجاتے کاٹ لے گا۔ مگر جب سنتو کی گھر والی اپنے بچے سنتو کو لے کر اس جھونپڑے میں آئے گی تو جھونپڑا کھالی دیکھ کر رو دے گی!"

ایرانی ہوٹل کا مالک اپنے سر پر انگلی رکھ کے بولا "بھیجا پھر لیا ہے اس کا!"

تین ماہ بعد ــــــ

زرینہ کو خیال آیا کہ جیل سے رہا ہوتے ہی اشتیاق ہمارے گھر آئے گا۔ لیکن جب تین ماہ سے اُوپر کئی دن گزر گئے اور اشتیاق نہ آیا تو اُسے کچھ مایوسی سی ہوئی، مایوسی مجھے بھی ہوئی۔ پھر میں نے سوچا کہ اشتیاق اگر ہمارے گھر نہیں آئے گا تو ممکن ہے اِدھر اُدھر ایرانی ہوٹل کے باہر ضرور دکھائی دے گا۔ پر اُدھر بھی نہیں۔ سنتو باورچی سے پُوچھا تو معلوم ہوا کہ وہ اُس کے ہاں بھی نہیں آیا۔ پھر ہم دونوں نے سوچا ممکن ہے اشتیاق شرم کے مارے یہ علاقہ ہی چھوڑ گیا ہو یا بمبئی سے کہیں باہر چلا گیا ہو۔ جب دو اڑھائی ماہ اور گزر گئے اور اشتیاق نہ آیا تو ہمارا خیال یہ پکا ہو گیا۔

پھر ایک روز۔ ہم نے یکایک اُسے ایک دعوت میں دیکھا۔ سردار زور آور خاں کے ہاں ہماری دعوت تھی جن کی بیوی نصرت خانم میری بیوی کی خاص سہیلی تھی۔ ہم تو کھانے کے شروع کے دو لقمے کھاتے ہی سمجھ گئے کہ یہ کس کا سٹایل ہے۔ پہلا لقمہ چکھتے ہی میں نے زرینہ کی طرف اور زرینہ نے میری طرف چونک کر دیکھا مگر ہم دونوں چُپ رہے۔ کھانے کے بعد جب دعوت کی تعریفیں ہونے لگیں تو کچن سے خراماں خراماں اشتیاق برآمد ہوئے۔ کالی پتلون کے اُوپر لال بوشرٹ اور لال بُش شرٹ کے اُوپر بھورے رنگ کا ایک میلا ایپرن پہنے ہوئے اور سر جُھکا کر کورنش بجا لاتے ہوئے شاعروں کے انداز میں داد بٹورنے

لگے ــــ !

نہیں نہ زرینہ نے اُس وقت انہیں پہچاننا مناسب سمجھا۔ اشتیاق نے بھی اُسوقت ہمارا رویہ سمجھ کر مکمل اجنبیت اختیار کی۔

بعد میں نصرت نے زرینہ کو الگ لے جاکے بتایا۔ "بہت اچھا لگ مل گیا ہے مجھے۔ اشتیاق احمد خاں نام ہے اس کا۔ اپنی طرف کا ہے قاضی خیل کا پشتو بہت اچھی بول لیتا ہے حالانکہ بچپن ہی سے اِدھر رہا ہے پھر کھانا تو غضب کا پکاتا ہے۔ کچن میں بڑی بچت سے کام لیتا ہے۔ جب سے یہ آیا ہے میرے کچن کا خرچہ اڑھائی سو روپے کم ہو گیا ہے۔ پورے ڈھائی سو روپے۔ سُنتی ہو! میں اس کو صرف ستر دیتی ہوں حالانکہ سو بھی دُوں تو سستا رہے گا۔

زرینہ انجان بن کر بولی "آدمی تو شریف معلوم ہوتا ہے۔

"ارے شریف ایسا شریف!" نصرت اشتیاق کی تعریف کرتے ہوئے بولیں۔" میرے بچوں پر تو جان چھڑکتا ہے اور میرے سب سے چھوٹے نجو کو تو دل و جان سے چاہتا ہے۔ کوئی سگی ماں اُس کی کیا خدمت کرے گی جیسی وہ نجو کی کرتا ہے۔ ابھی چار دن کی بات ہے نجو موٹر مانگ رہا تھا۔ میں نے کہا لا دوں گی۔ میں ٹال رہی تھی کیونکہ گھر میں دو کھلونے موٹروں کے پہلے سے پڑے ہیں۔ پُرانے ہو گئے ہیں ذرا تو کیا ہوا۔" نصرت زرینہ کا ہاتھ پکڑ کر خوشی سے بولی۔ یہ موا اشتیاق دس روپے کی موٹر میرے نجو کے لئے لے آیا تو میں نے غصہ سے جھلا کر کہا" میں تو اس موٹر کے پیسے نہیں دوں گی۔ تو موا بولا "نہ دیجئے بیگم صاحبہ میں تو اپنے پیسوں کی موٹر لایا ہُوں نجو کے لئے۔ اس پر وہ غصہ سے گرج کر بولے "تو تم سے کس نے کہا تھا نجو کے لئے موٹر لانے کو" تو اشتیاق پہلے تو اُن کی گرج سُن کر سہم گیا۔ پھر

ہوئے سے سر اُٹھا کر بولا "صاحب میں نجّو کا کہنا نہیں ٹال سکتا۔ وہ جو کہیں گے ہیں ضرور لے آؤں گا۔"

اُس نے ایسے مضبوط لہجہ میں اُن سے بات کی کہ اُن کا سارا غصّہ اُتر گیا۔ مُسکراتے ہوئے ایک طرف کو سرک گئے میں بھی کیا بولتی بہن، چُپ ہو کر سروتے سے سپاری کاٹنے لگی۔

زرینہ خاموشی سے مُسکرا مُسکرا کر نصرت کی باتیں سُنتی رہی مگر اُس نے ایک دفعہ بھی نہیں بتایا کہ وہ اشتیاق کو جانتی ہے۔ نہ اگلے ایک سال میں اشتیاق نے ایک بار بھی جتایا کہ وہ ہم لوگوں کو پہلے سے جانتا ہے۔ ہم نے سوچا بے چارہ جہاں لگا ہے لگا رہے اس کی خامیاں جتانے سے کیا فائدہ؟ اور یہاں زور آور خاں صاحب کے ہاں رہ کر اشتیاق بہت ٹھیک ہو چلا تھا بال ماتھے پر نہیں لٹکتے تھے۔ ذہنی طور پر بہت کم غائب رہتا تھا۔ کپڑے صاف سُتھرے پہنتا تھا۔ شعروشاعری ترک کر دی تھی۔ دن بھر باورچی خانہ میں رہتا یا خاں صاحب کے بچوں کی دیکھ بھال کرتا۔ حالانکہ اُن کی دیکھ بھال کے لئے دو آیائیں الگ سے مقرر تھیں مگر بچے جس قدر اشتیاق سے مانوس ہو گئے تھے اتنے گھر کے کسی دُوسرے مُلازم سے نہ تھے۔ میں نے اور زرینہ نے سُکھ کا سانس لیا "چلو۔ یہ اشتیاق نارمل تو ہوا۔"

ایک رات زور کی گھنٹی بجی کوئی تین بجے کا وقت تھا میں نے گھبرا کر دروازہ کھولا باہر سردار زور آور خاں کا ڈرائیور حامد کھڑا تھا۔

"حضور جلدی چلیے۔ بیگم صاحب نے گاڑی بھیجی ہے۔"

"کیا بات ہے حامد؟" میں نے پوچھا۔

"اشتیاق نے زہر کھا لیا ہے!"

"ارے" میرے مُنہ سے نکلا۔

"ہاں صاحب۔ اشتیاق نے زہر کھالیا ہے اور خاں صاحب پونا میں ہیں، گھر پر بیگم صاحب کے دو بھائی ہیں مگر اُن کی سمجھ میں نہیں آتا کہ کیا کیا جائے۔ ڈاکٹر مقصود کو ٹیلیفون کیا تھا بیگم صاحب نے مگر وہ بولے یہ پولیس کیس ہے۔ میں نہیں آسکتا۔ اور اشتیاق مر رہا ہے۔"

ندیزہ میرے پیچھے کھڑی تھر تھر کانپ رہی تھی۔ لرزتے ہوئے لہجہ میں بولی "تم جلدی سے چلے جاؤ بے چاری نصرت سخت پریشان ہوگی۔"

خان صاحب کے ڈرائنگ روم کے عین مرکز میں فرش پر سر سے پاؤں تک ڈھکی ہوئی ایک لاش رکھی تھی اور نصرت اور اُن کے بھائی بہن اور گھر کے دوسرے ملازم حیرت سے "صمٌ بکمٌ" کھڑے اُسے دیکھ رہے تھے۔

"کیا مر گیا؟" میرے مُنہ سے بے اختیار نکلا۔

"نہیں ابھی تو زندہ ہے!" ایک آیا آہستہ سے سسکتے ہوئے بولی۔

میں نے چادر ہٹا کر نبض دیکھی۔ سینے کے زیر و بم میں غرغرے کی گھر گھراہٹ تھی اور نبض ٹوٹ رہی تھی۔ نصرت ایک بھوری شال اوڑھے دنیا و مافیہا سے بے خبر اپنی پھٹی پھٹی آنکھوں سے چاروں طرف دیکھ رہی تھی۔

"کب اس نے زہر کھایا؟" میں نے نصرت سے پوچھا۔

نصرت کچھ نہیں بولی۔ جیسے اُس نے میرا سوال سُنا تک نہ ہو۔

نصرت کا چھوٹا بھائی بولا "کوئی دو بجے کے قریب میں نے اپنے بستر کے قریب کسی کی آواز سُنی۔ کوئی آہستہ آہستہ سے مجھے جھنجھوڑ کر جگا رہا تھا۔ جب جاگا تو معلوم ہوا اشتیاق ہے۔ وہ باورچی خانہ سے رینگتا رینگتا میرے کمرہ میں پہونچا تھا اور مجھ سے کہہ

رہا تھا "مجھے بچا لیجئے میں نے زہر کھا لیا ہے۔"

میں نے پوچھا "کون سا زہر!"

"بولا۔ ٹیک ٹو۔"

"ٹِک ٹو کیا؟"

"ٹمک ٹو! ٹِک ٹو۔ اس کی زبان زہر سے موٹی ہو چکی تھی اور آواز میں لُکنت تھی۔ وہ کہنا چاہتا تھا ٹیک ٹو ٹُونٹی لیکن اس کے مُنہ سے نکلتا تھا صرف ٹِک ٹو۔ پھر وہ میری چارپائی سے لگ کر قے کرنے لگا۔ میں نے مزید داستان سُننا بے کار سمجھ کر فوراً کہا "اُسے اٹھا کر نیچے گاڑی میں ڈالو۔ ہسپتال لے جائیں گے۔"

"مگر پولیس" نصرت کانپ کر بولی۔

"پولیس کو وہیں سے اطلاع کر دیں گے" میں نے کہا۔ نزدیک کا ہسپتال کونسا ہے"

"جانا دتی"

"یہاں سے کتنی دُور ہو گا۔؟"

"کوئی چار میل۔"

"جلدی چلو۔"

جس وقت چار آدمیوں نے مل کر اشتیاق کو پہلی منزل سے نیچے اُتارا اس وقت ہلکی ہلکی سی بارش ہو رہی تھی۔ سڑک کے کنارے کنارے روشنی کے قمقمے پانی میں بھیگے ہوئے یوں سر جھکائے کھڑے تھے جیسے اپنی زرد زرد زندگی پر رو رہے ہوں۔ بھیگی ہوئی سڑک پر کہیں کہیں روشنی کے چھوٹے چھیتھڑے نظر آتے پھر اندھیرا اُنہیں کھا جاتا پھر تنگ و تاریک گڈھوں کی ماری ہوئی ایک سڑک پر کار یوں لڑکھڑا کر چلنے لگی جیسے ایک عورت اپنی عصمت

لتا کر رات کی اوٹ میں اپنے گھر کی طرف بھاگ رہی ہو۔

ایمرجنسی وارڈ میں!

اے فارم بھرو!

بی فارم بھرو!

سی فارم بھرو!

زندگی تم بھی تو رکو!

اشتیاق کا سر بھورے رنگ کے آئیل کلاتھ کے گدوں پر ڈھلکا ہے۔ اس کی آنکھیں کسی گہرے گڑھے میں جا گری ہیں اور ان پر بادوں کا ٹرک گھوں گھوں کرتا ہوا چل رہا ہے۔

پچھتر روپیہ ایڈوانس دو۔

یہ رسید لو۔

دھشل۔ مریض کو کمرہ نمبر ۷ میں لے جاؤ اوپر۔ لفٹ سے۔ میں ابھی ڈاکٹر کوٹھاری کو ٹیلی فون کرتا ہوں۔

باہر سے کوئی ٹرک گزرتا ہے۔

گھوں گھوں

اشتیاق کا سینہ ہونکتا ہے۔

ہوں ہوں۔

آئیل کلاتھ کا بھورا بستر اپنے پایوں میں لگی ہوئی ربڑ کی چرخیوں کے ذریعہ لفٹ کی جانب حرکت کرنے لگتا ہے۔ لفٹ اوپر کی منزل پر جا کے رک جاتی ہے۔ بستر برآمدے میں سے گزر رہا ہے۔ کمرہ نمبر سات کے اندر جاتا ہے۔ ایک ڈاکٹر اور دو نرسیں اندر آئیں۔ سات نمبر کا

پردہ گرادیا جاتا ہے۔ ایک ڈاکٹر اور دو نرسیں اندر آتی ہیں اور ہم باہر بینچ پر بیٹھ جاتے ہیں۔ لمبے کوریڈور میں بے آواز نرسیں خاموشی سے گھوم رہی ہیں۔ اردلی نیند کی غنودگی سے بیزار ٹہل رہے ہیں۔ کہیں کوئی ہولے ہولے کراہتا ہے کو دھیرے دھیرے سسکتا ہے۔

"اشتیاق نے زہر کیوں کھایا؟" میں پوچھتا ہوں۔

"نہین کیا ہوگا" نصرت کا چھوٹا بھائی اندازہ لگا کے کہتا ہے۔

"بہن نے ہولے ہولے گھر کا سارا خرچہ اشتیاق کے سپرد کر دیا تھا۔ ہر وقت چار پانچ سو روپے اشتیاق کی جیب میں رہتے تھے، کل بہن نے اشتیاق سے حساب دینے کو کہا تھا۔ آج اُس نے زہر کھا لیا۔ میرا خیال ہے کہ ...."

"تمہارا خیال غلط ہے" نصرت کا دوسرا بھائی بولا "اشتیاق میں دس بُرائیاں ہوں مگر وہ چور نہیں ہے۔ آج تک اس نے ایک دھیلے کی چوری نہیں کی۔ میرے خیال میں پچھلے ہفتے جو مُراد آباد سے اُسے اطلاع ملی تھی کہ اس کے آبائی مکان والے مقدمہ کا فیصلہ اس کے خلاف ہوا ہے۔ معلوم ہوتا ہے اس کا غم اسے بہت ہوا ہے۔"

"اجی نہیں" بڈھا حامد اپنی گھنی بھنووں پر ہاتھ پھیر کر بولا "اشتیاق کو مکان دوکان روپے پیسے سے کبھی محبت نہیں رہی۔ یہ سب اس لونڈیا کا چکر ہے۔ گلشن کا!"

"گلشن! میرے کان کھڑے ہوئے۔ گلشن کون ہے؟ میرے ذہن میں بلی کو دنے لگی ....

"ایک نئی آیا رکھی ہے صاحب نے۔ بڑی بدصورت لونڈیا ہے، مگر سولہ سترہ برس کی ہے۔ بھاگ بھاگ کر کام کرتی ہے۔ اس کا نام گلشن ہے۔ اور صاحب ہم نے سُنا ہے کہ اشتیاق کی پہلی بیوی کا نام بھی گلشن تھا۔"

"ارے" میں چونک گیا۔

"جی ہاں۔ اسی لونڈیا کے چکر میں زہر کھالیا ہے۔"

"وہ کیسے؟"

"پہلے تو صاحب سے کہتے رہے کہ اس لڑکی کو نکال دو۔ یہ کام ٹھیک سے نہیں کرتی ہے پھر ایک دن مجھ سے کہنے لگے کہ میں اس وجہ سے اُسے نکلوانا چاہتا ہوں کہ اس کا نام گلشن ہے۔ میں نے کہا بھلے مانس۔ اس کا نام گلشن ہے تو کیا ہوا کام تو ٹھیک کرتی ہے۔ مگر اشتیاق نہیں مانے۔ برابر اس کی شکایت کرتے رہے مگر جب صاحب کسی طرح نہیں ملنے تو صاحب کو تو معلوم نہیں کب انہوں نے ہار مانی اور کب اشتیاق میاں نے رویہ بدل دیا۔ اب یہ اس لڑکی پر مہربان ہونے لگے۔ دوسرے نوکر تو چائے پیتے تھے یہ اس کو کافی پلانے لگے جو صرف صاحب اور بیگم صاحب پیتی ہیں۔ پھر ایک دن گلشن کو جو پتہ چلا کہ اس کو کافی ملتی ہے جب کہ دوسرے نوکروں کو صرف چائے ملتی ہے تو وہ ایک دم بدک گئی اور اس نے اس دن سے کافی پینے سے انکار کر دیا۔ ایک دن اس نے اشتیاق کو بازار سے دیسی صابن لانے کو کہا تھا تو یہ اس کے لئے انگریزی صابن لے آئے۔ اُس نے کھوپرے کا تیل مانگا تو یہ گلزار ہیر آئل نمبر ون اُٹھا لائے۔ کل گلشن کی ماں کا خط آیا جو بیگم صاحب نے پڑھ کر سُنایا۔ اب اشتیاق کی تو عادت تھی دروازہ پر کھڑے چوروں کی طرح سُنتے رہتے تھے۔ گلشن کی ماں نے لکھا تھا کہ اس کی ماں نے گلشن کی شادی کی بات چیت پکی کر لی ہے لڑکا کسی سیمنٹ کمپنی میں دربار ہے۔ یہ خالی باورچی تھے وہ انہیں کیا مُنہ لگاتی۔ بس جب سے یہ سُنا کچن ہی میں بیٹھے ٹھنڈی سانس بھرتے تھے اور مجھ سے کہتے تھے اب جینا بے کار ہے۔ میں نے پُوچھا "کیا ہوا؟" بولے کچھ نہیں! اور پھر اپنے سینے پر ہاتھ مار کر بولے۔ "مگر اب جینا بے کار ہے۔" یہ آج دوپہر کی بات ہے..... رات کو انہوں نے زہر کھالیا.....!" حامد اتنا کہہ کر چُپ ہو گئے۔

میں نے چند لمحوں کے سکوت کے بعد پوچھا "مگر زہر کھانے سے پہلے اُس کمبخت نے لڑکی سے کوئی بات نہیں کی؟"

"بالکل نہیں صاحب" حامد خفا ہو کے بولے "بالکل یک طرفہ عشق تھا۔ دس دن تو ہوئے ہیں گلشن کو آتے ہوتے۔ ان دس دنوں میں انہوں نے اس لڑکی سے نفرت بھی کی۔ دوستی کی ابتدا بھی کی محبت بھی کی پھر آپ ہی آپ مر بھی گئے۔ سب کچھ دس دنوں میں کر لیا۔ لڑکی کو تو کچھ خبر بھی نہیں ہے صاحب۔ وہ تو ایسی بدصورت ہے اور ایسی بھیجے کی خالی ہے کہ اُسے تو گمان تک نہیں گزر سکتا کہ کوئی اُس سے عشق کر سکتا ہے۔"

حامد چونکہ بڈھے تھے اور زندگی کے اس دَور میں سے گزر رہے تھے جب کوئی کسی سے محبت نہیں کر سکتا اس لئے داستان سُناتے وقت اُن کے لہجہ کی شدید تلخی جس طرح اُن کی مجبوری کی غمازی کر رہی تھی اُس سے مجھے بڑا لُطف آیا۔

کوئی ساڑھے چھ بجے کے قریب ڈاکٹر کوٹھاری کمرہ نمبر سات سے برآمد ہوئے اور مجھے دیکھ کر بولے "ابھی کچھ کہا نہیں جا سکتا مگر اگلے چوبیس گھنٹے اس پر بہت نازک ہیں۔ میں نے اس کا معدہ صاف کر دیا ہے۔ گلوکوز کے سیلائین پر رکھ دیا ہے کھانے کو دوا دے دی ہے۔ انجکشن دے دیئے ہیں کچھ لکھ دیئے ہیں۔"

"شکریہ ڈاکٹر صاحب۔ مگر کیا مریض اس وقت ہوش میں ہے۔"

"ہوش میں تو ہے مگر ابھی بہت کمزور ہے۔ ابھی زیادہ لوگ اس سے نہ ملیں تو بہتر ہے۔"

ڈاکٹر نے میری طرف اشارہ کر کے کہا "صرف آپ اس سے چند منٹ کے لئے مل لیں۔ میں نے تھانے ٹیلی فون کر دیا ہے۔ کسی وقت بھی پولیس انسپکٹر اس کا بیان لینے کے لئے آسکتا ہے۔ کیونکہ مریض کی حالت بہت نازک ہے۔۔۔"

اتنا کہہ کر ڈاکٹر کوٹھاری چلے گئے تو نصرت کا چھوٹا بھائی برافروختہ ہو کے بولا "خاں صاحب گھر پر نہیں ہیں اور یہاں پولیس کے سامنے نہ جانے کس کس کے بیان ہوں گے۔ اُلّو کے پٹھے کو اتنی عقل نہیں آئی کہ اگر مرنا ہی تھا تو سمندر میں ڈوب کے ہی مر جاتا۔ کسی گاڑی کے نیچے آکر ہی مر جاتا۔ کہیں پر مرتا مگر اس گھر سے دُور رہ کر ہی مرتا اور یوں ہم سب کو پریشاں کر کے تو زہر نہ کھاتا۔۔۔"

"بجا فرمایا آپ نے۔" میں نے کہا "مرنے والوں کو ہمیشہ اپنے بعد زندہ رہنے والوں کی سہولیت کا خیال کر کے مرنا چاہیئے اس سلسلے میں اگر آپ ایک رہنمائے خودکشی شائع کریں تو بہتوں کا بھلا ہو گا۔"

اتنا کہہ کر میں کمرہ نمبر سات میں داخل ہو گیا۔

اتفاق سے اُس وقت کمرہ میں کوئی نہیں تھا۔ نرس کوئی دوا لانے کے لئے گئی تھی۔ اشتیاق گہرے تکیوں میں سر لٹکائے بیٹھا تھا۔ اس کے دائیں بازو کی رگ میں سیلائین جا رہا تھا۔ دوسرا بازو اس کے سینے پر تھا، اس کی آنکھیں بند تھیں، اس کے سیاہ چہرے کے پیچھے سفید تکیوں سے پرے کھڑکی کی پلکوں پر بارش کے قطرے لرز رہے تھے۔ اور کانچ کی سطح پر روشنی اور سائے امید و بیم کی کش مکش کی طرح لرزاں تھے۔

"اشتیاق!" میں نے اُس کے بستر کے قریب جا کر سرگوشی میں کہا "اشتیاق سنو!"

میں نے پھر ذرا اُونچی سرگوشی میں کہا "کان کھول کے سنو میرے پاس زیادہ وقت نہیں ہے نرس آ رہی ہے۔"

اشتیاق نے آنکھیں کھولیں۔ اور جب میں نے دیکھا کہ اُس نے مجھے پہچان لیا ہے۔ تو میں نے اُس کے قریب جھک کر کہا "کسی وقت بھی پولیس انسپکٹر تمہارے پاس بیان قلمبند

کہنے کے لئے آجائے گا۔ اُس سے صرف یہ کہنا ہو گا کہ تمہارے پیٹ میں درد تھا اور تم امرت دھارا لے کر سو گئے تھے کچن میں۔ اتفاق سے کچن میں تمہارے سرہانے (جک ۲۰) کی شیشی بھی پڑی تھی وہ بھی اتنی ہی بڑی ہوتی ہے جتنی امرت دھارا کی۔ اس لئے رات کو جب تمہارے پیٹ کا درد بڑھا تو تم نے غلطی سے امرت دھارا کی جگہ (جک ۲۰) غلطی سے پی لی۔ بس اور کچھ مت کہنا۔ سمجھتے ہو؟"

اشتیاق نے میری طرف دیکھ کر خاموشی سے سر ہلا دیا۔

آنکھوں کی پتلیاں نیم ساکت، ہونٹ اندر کو بھینچے ہوئے، رخساروں کے گڑھے گہری اور اتھاہ تاریکی میں کھوئے ہوئے، سینہ کھلا اور اُجاڑ خشک بالوں سے ڈھکا ہوا کسی ویران جزیرہ کی مانند اور دُبلی پتلی پسلیاں کسی شکستہ معبد کی سیڑھیوں کی طرح زندگی کے سوکھے تالاب کی طرف جاتی ہوئیں.....

"اشتیاق! اشتیاق۔ تم نے ایسا کیوں کیا؟" میں نے اُس کے سر پر جھک کر گہری شدت سے پوچھا۔

اس کا چہرہ دیر تک بالکل ساکت رہا جیسے اُس نے میرا سوال نہ سنا ہو۔ پھر اس کا ہاتھ اس کے سینے پر سرکنے لگا۔ دھیرے دھیرے وہ اپنا سینہ اپنی انگلیوں سے سہلاتے ہوئے ہوا کی سی سرگوشی میں بولا۔

"سینہ خالی ہے۔"

سینہ خالی ہے۔ کتنی صدیوں سے انسان کا سینہ خالی ہے اور انسان کے اس خالی سینے کو رام نہ بھر سکے اور مسیح نہ بھر سکے اور حسینؑ نہ بھر سکے تو تم کیا بھر سکو گے احمق باورچی! اسے اس سینہ کے اندر خوفناک گڑھے ہیں، اور گہری کھائیاں ہیں، کیسے کیسے بسیط خلا ہیں

جن کے اندر تم کہاں کہاں سے کوڑا کباڑ لا کے ڈالتے رہے ہو۔ تاکہ کسی طرح سے یہ خلا بھر جائے۔ پہلے تم نے اُس ننھے نواب کو اس میں پھینکا۔ پھر ایک بلی کو دُم سے باندھ کر اس میں لٹکا دیا۔ پھر سینکڑوں کپ چائے کے تم نے اس میں اُنڈیل دیئے اور ڈبل روٹیاں کاٹ کاٹ کر اس کے اندر پھینکتے رہے۔ تم بیری ٹوتھ پیسٹ بناتے رہے اور خود بے گھر رہ کر دوسروں کے لئے گھر ڈھونڈتے رہے اور اپنے بچوں کی مایوسی میں دوسروں کے بچوں سے محبت کرتے رہے مگر تم گلشن کو کبھی بھول نہ سکے۔ اور کسی طرح یہ خلا پُر نہ ہوسکا۔ گلشن گلشن تم کانٹے چُنتے رہے اور بے قرار اور مضطرب ہو کر ایک پیشے سے دوسرے پیشے کی چکی میں گھستے رہے تاکہ کسی طرح تم اس خلا کو بھر سکو جسے صرف ایک عورت کی محبت بھر سکتی ہے..... پگلے — !

نرس اندر آگئی۔

میں نے ایک لمحہ کے لیے اشتیاق کے خاموش سُتے ہوئے سیاہ بدہیئت چہرے کو دیکھا۔ تکیوں کے پیچھے بند کھڑکی کی پلکوں سے چند قطرے ہوا سے لرز کر ٹوٹے اور کانچ کے رخساروں پر بہتے ہوئے چلے گئے..... میں کمرہ سے باہر نکل آیا۔